無職轉生
19
到了異世界
就拿出真本事
Rifujin na Magonote
理不尽な孫の手
Kadokawa Fantastic Novels

魯迪烏斯
札諾巴
洛琪希
人物介紹

藍道夫
班妮狄克特
帕庫斯

「魯迪！」
聽見洛琪希的叫聲時，我就被撞飛了。
腰部附近可以看見藍色頭髮。撞飛我的人是洛琪希。

無職轉生

19

到了異世界就拿出真本事

理不尽な孫の手
Rifujin na Magonote
插畫：シロタカ

Kadokawa Fantastic Novels

無職轉生～到了異世界就拿出真本事～⑲

CONTENTS

「我一輩子都無法和他互相理解」

after died understood.

著：魯迪烏斯・格雷拉特

譯：金恩・RF・馬格特

第十九章 札諾巴篇

第一話「札諾巴的決心」

拉諾亞大學，研究樓。札諾巴的研究室。

此處有六名男女正圍在一張桌子旁邊。

我、克里夫以及札諾巴三個人在位子上就座；而艾莉娜麗潔、金潔以及茱麗三人站著。因為艾莉娜麗潔還抱著小孩，算七個人。

札諾巴始終面有難色，克里夫則是一臉焦躁。

金傑看起來一臉煎熬，茱麗的眼眶都紅了。就連艾莉娜麗潔也擺出了不知該說什麼的表情。氣氛沉重又令人生厭。

「札諾巴，總之你先冷靜下來，能從頭完整地再說明一遍嗎？」

「…………好吧。」

札諾巴面無表情。正因為他平常看著我時總是面帶笑容，像這樣面無表情著實教人感到不對勁。簡直就像是另外一個人。

「前幾天，西隆王國寄來了一封信。」

那封信剛才已經交給我，現在就在我的手上。

信封上有帕庫斯的署名，並蓋著西隆王國的印記，裡面放了三張紙。

第一張，是有關約在半年前所發生的西隆王國政變之詳細經過。以留學名義送往王龍王國的第七王子帕庫斯，獲得王龍王國作為後盾，回歸西隆王國。

後來他發動了政變，殺害前任國王，並將其他王族也一併肅清，成為了西隆王國的國王。彷彿是在稱頌帕庫斯那般，寫了一篇洋洋灑灑的文章。

第二張，提及了政變之後的狀況。

政變之後，帕庫斯解僱了大部分國家大臣以及將軍，許多人陸續逃出國內。隨著人口減少，西隆王國的整體兵力下滑。察覺到這點的北方國家有可能會趁機攻打過來，但能用於國防的兵力不足。所以才要將身為神子的札諾巴傳喚回國，由他承擔國防重鎮。總之，信上所寫的內容感覺上就是「這是為了改變國家所必須的，帕庫斯並沒有錯」，根本就是藉口

第三張，是要傳喚札諾巴回國的書信。裡面寫著解除前任國王的命令，以及召回本國的命令。上面同樣印著西隆王國的印記，是正式的書信。

簡而言之，這張紙是「帕庫斯的武勇經歷」、「藉口」以及「召集令」。

發動政變後導致戰力低下。由於敵人要攻打過來，所以要增強戰力。

雖說感覺上只是藉口，但還是合乎邏輯。

儘管我對札諾巴作為戰力是否有效這點存疑，但畢竟札諾巴在西隆國內遐邇聞名，就算只是把他召回，想來也能提振士兵的士氣。

雖然我覺得既然有王龍王國在他背後撐腰，將國防也一併交給王龍王國負責不就得了，但說不定也有無法這麼做的苦衷。畢竟每個國家都不可能團結一致嘛。既然對方都表明辦不到了，應該就是沒辦法吧。

話雖如此，他們兩人從前曾有過節。

八年前，札諾巴救了我，粉碎了帕庫斯的陰謀。

結果，帕庫斯到了王龍王國，札諾巴到了拉諾亞王國，各自以留學的名義被放逐到國外。要是帕庫斯對當初的事情還耿耿於懷的話，札諾巴想必無法全身而退。

可以判斷這次召回是為了對札諾巴復仇設下的陷阱。

算了，這部分不重要。問題在別的地方。

「那麼，你看了這個後，打算怎麼做？」

「本王子會遵照命令回到西隆王國，參與戰事。」

就是這個。

不管是克里夫還是金潔都反對這件事。假設札諾巴是為了幫前任國王報仇就還可以理解。反過來說，即使他打算違抗命令連夜潛逃，也是可以理解。

可是，札諾巴卻沒這麼做。他明知這是陷阱，仍然老實遵從。

遵從帕庫斯——遵從那個篡位者。

「你沒必要去。」

這時克里夫這樣說道。他主張這是陷阱。
「我可以跟你打賭，這是為了殺你設下的陷阱。」
「唔嗯。」
「一般來說，如果發動政變的話，為了不留下任何後患，應該會把整個家族趕盡殺絕。」
克里夫自己也是受到米里斯神聖國的權力鬥爭所影響才會在這裡。
一旦克里夫的祖父在權力鬥爭中落敗，就連克里夫也會有危險。
敗者的家人會被趕盡殺絕。他認為這是理所當然的結果。
「基本上，就算敵人真的要攻過來，你一個人去增援又能做什麼？」
「總能做點什麼吧。雖然看起來這樣，但本王子好歹也是神子。」
「就算是這樣！」
克里夫以煩躁的表情狠狠敲了桌子。
「就算你擊退了敵人，帕庫斯又會採取什麼行動！」
克里夫知道造成帕庫斯被流放國外的那起事件的來龍去脈。
不太記得是什麼時候，但我有提過和札諾巴相遇的經過，他也從中了解到帕庫斯究竟是什麼樣的傢伙。儘管這番言論帶有偏見，但我也很清楚他為何反對。
「說不定他把你利用完之後，就不會讓你活下去啊！」
所以，他才會連這種話也說出口。不過基本上，我也贊成他的意見。

假設真的有其他國家要侵略西隆王國，爆發戰爭。

假設帕庫斯真的想要札諾巴的力量。

假設到時札諾巴回到西隆王國，以神子力量解決了危機。

但是在那之後呢？

身為王族，身為第三王子的札諾巴，對帕庫斯而言是什麼樣的存在？

要是打倒了敵人，札諾巴的評價勢必會水漲船高。搞不好會被吹捧為拯救國家的英雄；搞不好會因為拯救了窮途末路的士兵，而受到他們前所未有的歡迎。

那樣的人和自己同樣流著王家的血脈，帕庫斯會怎麼想？

是不是會覺得他很礙眼？是不是會把他視為威脅到自己地位的存在？

一旦帕庫斯湧起這種念頭，他會採取什麼樣的行動？這點不用想也知道。

「札諾巴，我也是這麼認為。」

「……這個可能性很高呢。」

一聽到我贊同克里夫後，札諾巴也再次以正經表情點頭。

這表示他明白帕庫斯對自己懷恨在心，也很清楚自己有可能被殺嘍？

「不過，本王子非去不可。」

即使如此，札諾巴依舊執意要去。聽起來很匪夷所思，完全搞不懂。

「……為什麼啊？」

「因為是正式的歸還命令。」

他馬上回答。的確，書信上蓋有國王的印記。文章的大意是撤回前任國王的命令，要札諾巴立刻停止留學回到王國。

「不過，是帕庫斯寄來的吧？既然國王換人，也沒有服從命令的必要了吧？」

「師傅。因為國王換人就不再聽令行事，可無法讓國家維持下去。」

「話是這麼說，但他也不是透過正式手續當上國王的……講白點就是篡位者吧？」

「無論過程為何，如今的帕庫斯是國王，這是毋庸置疑的事實。」

是這麼一回事嗎？算了，就算是在前世的世界，也有不少這樣的國家……

那些國家的臣子後來怎麼樣了呢？難不成還會想在篡位的國王底下繼續工作嗎？

「札諾巴，你會想在帕庫斯底下工作嗎？」

「並非如此。」

札諾巴緩緩搖頭。

或許不管說什麼，都無法動搖札諾巴的意志。這樣的想法讓我的心情感到焦慮。

「那到底是為什麼啊？」

我的語氣不禁變重。

「你知道會被殺。也沒有打算服從。那麼就沒必要去吧。為什麼要堅持到這種地步？」

難不成他是害怕遭到報復？

一旦札諾巴拒絕命令，會遭到西隆王國報復。

可是，這裡是拉諾亞王國。從西隆王國不管再怎麼快，也得花上半年時間才能抵達。

既然這樣，就去向愛麗兒說情，讓他以流亡的形式逃到阿斯拉王國也行。因為西隆王國發生政變，感覺到有生命危險而想要流亡……不知道這樣的理由是不是能順利說服愛麗兒。

「理由嗎？」

聽到我的提問，札諾巴笑了。

並非是平常那種由衷感到開心的笑容。而是勉強裝出來的笑容。

「您知道嗎，師傅？本王子對西隆王國來說，原本就是個麻煩人物。」

「沒有那種事吧，你可是神子耶？」

「嗯，可是，是不會控制力道，殺害了王族的神子。」

聽到這句話，我突然想起了札諾巴在西隆王國時代的別稱。

「拔頭王子」。把剛出生不久的正妃小孩──自己弟弟的頭給扯下來的瘋狂王子(Crazy Prince)。

雖說不需要特別強調，但是沒有正當理由就殺害血親，即使是王族也不能原諒。

然而，在那次的事件當中，札諾巴卻幾乎沒有受到任何處罰。

明明她的母親被流放到國外。

「本王子之所以會被原諒，是因為神子的身分。國家認為本王子總有一天會派上用場。」

「喂，那是真的嗎？」

克里夫以動搖的神情看著我們。看來他並不知道這段往事。

「嗯，千真萬確。後來本王子也扭斷了自己妻子的腦袋，進而誘發了內亂。」

札諾巴回答了克里夫的提問。

札諾巴曾離過婚。他以王子的身分進行了政略結婚，並在新婚初夜扭斷了對方的脖子。

然後以這起事件為引爆點，王族掀起內亂。

「畢竟那個女人說了無法原諒的話，儘管沒有原諒她的打算，但引發戰爭的本王子就算遭到處刑也不足為奇。」

札諾巴這樣說完，望向了我。

「可是，本王子沒有遭到處刑。」

然後，他嘆了一口氣。再以像是在詢問理所當然的事情般的語氣說道：

「師傅，您認為本王子為什麼還能活下來呢？」

「……」

我無法回答。札諾巴繼續說下去：

「後來，與師傅相遇，再次引起問題的本王子終於被流放到國外。明明就算遭到處刑也不奇怪，卻只是流放國外。即使遭到流放來到夏利亞，本國後來依舊送了大筆的生活資金。您認為這是為什麼呢？」

我明白札諾巴想說什麼。我明白西隆王國讓札諾巴活下來的理由是什麼。

「是為了在緊要關頭，保衛國家。」

札諾巴的語氣很重，我一句話也無法反駁。

就連克里夫也只能瞪大雙眼，靜止不動。

唯獨金潔表現出理解，臉上充滿了悲傷。

「與他國征戰是本王子的義務。國家就是為此讓本王子活下來，為此容忍本王子為所欲為。所以，本王子非去不可。萬一國家真的遭到侵略，到時再動身就太遲了。不，或許敵方已攻入我國。所以本王子必須火速趕去才行。」

他的說法很正確。要報答養育自己至今的恩情，報答讓自己活下來的恩情。想要把獲得的東西還回去，這種心情可以說是理所當然。

其實，他說不定想在帕庫斯發動政變的時候回國。

但是，事情已經過去了。

要是自己在這時引發內亂，導致國內疲弊的話，名為西隆的王國可能會真的滅亡。

所以他才會服從帕庫斯。為了守護名為西隆的這個國家。

我懂。可是，札諾巴。這樣不對吧。

你應該是更加任性，更加自由的傢伙吧？「內亂？那種事和本王子無關。比起那個，請欣賞這具人偶！尤其是這道曲線！」，說這種話才符合你的風格吧？

……不過，我說不出口。因為那並不正確。

我的確想對札諾巴說「那種事和你無關」。

不過，那並不正確。

「……你會被殺喔？」

我總算是擠出一句話。札諾巴聽到後卻這樣回答。

「國要臣死，臣不得不死。」

毅然又光明正大的態度。要是詢問以前的武士或舊日軍的兵隊，想來也會得到相同的回答吧。

我說不出話。

應該要阻止他。我不希望札諾巴去送死。

不過，我無法直接反對。是因為札諾巴以誠摯的眼神看著我嗎，還是說我變了？我腦中想不到阻止他的理由。不知道該說什麼才好。

「師傅、克里夫。請兩位不要擺出那樣的表情。」

這時，札諾巴擺出了可以說是爽朗的笑容。是他一如往常的笑容。

「本王子在西隆時，也從未思考過義務之類的事情。然而和師傅相遇，和克里夫相遇，和七星小姐相遇，在這裡生活的日子裡，思考了各式各樣的事情。自己必須做的事情，究竟是什麼……」

然後，他得到的結論是「保衛國家」嗎？和我們一起生活後得出來的結論為什麼會和保護國家扯上關係，實在令人費解。

「不過，雖然自以為是地說了這些，但連本王子也不清楚自己為何會理出這樣的結論！哈哈哈！」

札諾巴笑了，但是我笑不出來。

我不打算對札諾巴理出的結論雞蛋裡挑骨頭。因為究竟是對是錯，也得等到結果出來才知道，應該要尊重他的選擇。

但是，有一件事說得出口。

選擇的結果，會導致札諾巴死亡……我不希望看到那樣。

札諾巴是我的摯友。

回頭想想，我總是受到他的幫助。在西隆救了我的是札諾巴。來到這所學校時，要是沒有遇見他，我也不會像現在擁有這麼多朋友。之所以和莉妮亞、普露塞娜有了交集，契機是因為札諾巴的人偶。要是沒有札諾巴，或許我和克里夫也不會像現在這樣要好。一起去魔大陸時，也是靠札諾巴空手壓制了阿托菲。魔導鎧也是，沒有他的話就不會完成。

仔細想想，我總是受到他的幫助。

況且，和札諾巴一起製作人偶的時候，再怎麼說還是很快樂。

我覺得很快樂。札諾巴經常會抬舉我，不論我做什麼都會稱讚我。

和這樣的人相處，當然會感到很自在。雖然這種想法以人來說或許有些偏頗，但我的確覺得很舒服。

更何況根據未來的日記所述，札諾巴直到死前都還在關心著我。

我不可能對這樣的札諾巴見死不救。

魯迪烏斯．格雷拉特這個人，不能對札諾巴．西隆見死不救。

……嗯？

等等。未來的日記？

突然，我的腦海有某種東西緊緊咬合在一起。

「札諾巴。」

「怎麼了嗎，師傅？」

下一句話自然地脫口而出。

「我也要去。」

聽到這句話時，札諾巴擺出了既開心又困擾的表情，讓我印象深刻。

結束集會之後的我，決定趕往奧爾斯帝德的所在處。

我一邊移動，一邊思考有關這次的事件。

首先，是關於札諾巴被召回本國這件事。日記上並沒有提及這樣的事件。札諾巴一直待在夏利亞……大概吧。雖然不知實際狀況如何，但有寫到他一直都待在我身邊。

難道在日記的未來裡，沒有下達這道歸還命令？

是因為帕庫斯發動的政變失敗了嗎？真要說的話，政變真的有發生嗎……

發生了與日記相左的事件。換句話說，這是人神在背地裡操控的可能性很高。

仔細想想，在這一年半來，人神的使徒從來沒有三個人同時出現。假如最後一個人是帕庫斯，他在背後鬼鬼祟祟地幹了不少勾當的話，一切便合乎邏輯。奧爾斯帝德也說過「等待時機」，而現在或許就是那個時機。

嗯，沒錯。

肯定是這樣。我就是為了這個時候才會累積力量。為了幫助札諾巴。

「奧爾斯帝德大人！」

奧爾斯帝德一如往常地在高級桌子前寫著東西。

「魯迪烏斯啊。怎麼了？」

我朝著和往常一樣擺出恐怖表情的奧爾斯帝德敘述了事情的經過。

札諾巴收到召集令狀一事。

然而根據日記，札諾巴並沒有被傳喚回去一事。

「這應該是人神在幕後操控對吧？」

「……」

我頗具自信地這樣說道，但奧爾斯帝德卻擺出了恐怖的表情瞪了回來。

咦？奇怪。我有哪裡搞錯了嗎？

「據我所知的歷史，西隆王國會在距今約三十年後，由於帕庫斯・西隆發動政變而遭到毀滅。」

奧爾斯帝德以恐怖的表情對著一臉困惑的我如此回答。

不對，他其實也不是故意擺出恐怖的表情。

「……三十年後？」

「沒錯。」

奧爾斯帝德告訴了我關於原本的歷史。

原本的歷史。換句話說就是沒有引發轉移事件，我與西隆王國沒有任何瓜葛的歷史。

在那個狀況下，帕庫斯會邊利用國家的奴隸市場積蓄資金邊增加伙伴，以人質來打倒敵人，壯大自己的實力。而最後似乎會發動政變。

政變會成功，帕庫斯也將得到王位。

然而，帕庫斯這時也已經失去熱忱。

當上了國王，任何事情都能隨心所欲的帕庫斯，後來似乎對王政感到疑惑。

於是帕庫斯廢止王政，提出共和制度的提案。西隆共和國就此誕生。

西隆共和國在那之後逐漸成長為強國，甚至將目前紛爭地帶的一半左右都納為國土。然後，成為世界第四大國的西隆共和國，將會誕生出對人神而言礙事的存在。

「原本，我以為人神是不希望看到這件事發生，所以才讓你前往西隆王國，讓帕庫斯遠離國家，不過……」

因為我在人神的建議下前往西隆王國，使得這件事發生了變化。

他們兩人因此被流放到國外，連帶讓帕庫斯掌握王位的路線也跟著消失。

西隆「共和國」並不會誕生。

「一旦帕庫斯當上國王，共和國就會誕生。」

奧爾斯帝德面有難色。換句話說，這個結果和人神的期望背道而馳。

「這次有王龍王國在當他的後盾。帕庫斯會不會因此不提出共和制度？」

「不，結果不會變。以前我也曾做過類似的舉動，但帕庫斯還是提出了共和制度。」

不管過程如何，一旦帕庫斯當上國王，最後似乎還是會提出共和制度，讓西隆王國成為共和國。

和愛麗兒那時如出一轍。結果是命中注定。一旦拿下王位，之後的發展就幾乎確定了吧。

「咦？那麼日記的未來該怎麼解釋？」

「恐怕，帕庫斯並沒有發動政變。和人神起初的意圖一樣，西隆王國依舊維持小國的規模。」

換句話說——

以往的歷史是「帕庫斯發動政變成為國王。共和國誕生」。

日記的歷史是「由於人神穿針引線，帕庫斯沒有當上國王，共和國沒有誕生」。這次的歷史是「帕庫斯發動政變成為國王。共和國八成會在之後誕生。」是這種感覺。換句話說，這代表人神刻意變回了原本的狀態。

「為什麼他要這麼做？」

「是陷阱。」

奧爾斯帝德這番話沉重地壓在我的心頭。

「或許人神就算把試圖改變的未來恢復原狀，也想殺了你。」

將一件事回歸原點來殺了我……是嗎？以麻將來說，也有為了不讓對手胡牌，而刻意拆掉自己的手牌安全下莊的戰術。和那個的原理一樣嗎……

「要是傻傻地跟去，你想必會落入人神為了確實殺死你而準備好的陷阱吧。」

「他的目標會不會是奧爾斯帝德大人？」

「也有這個可能性，但札諾巴．西隆是你的朋友。就算說是誘餌也不為過，而會因此上鉤的人不是我，是你。」

「……」

帕庫斯傳喚札諾巴回國。

幾乎明擺著是陷阱，但札諾巴仍舊執意要去。儘管人神應該看不見我是否會去，但他認為既然諾巴喪命的可能性很高，我應該會因此上鉤。

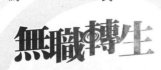

畢竟人神基本上還是了解我是個什麼樣的人。

……這次人神有動過腦筋思考呢。

「札諾巴是幫你製作裝備的男人。他或許是認為即使你沒來，只要能收拾札諾巴的話，也將有利之後的發展。」

一石二鳥嗎？要是我去的話就是一次解決兩個。我沒去的話好歹也能解決一個。

「札諾巴有沒有可能是使徒呢？」

「至少這次應該不可能。他在西隆的歷史上並不是什麼重要人物。」

喂，別這樣說。那傢伙對我而言可是很了不起的男人。實際上我也像這樣輕而易舉地上鉤了。

「那麼，我們該怎麼辦才好？」

「一如往常，從正面擊潰。」

「……說得也是呢。」

總之，只要奧爾斯帝德能一起跟來就好辦了。和愛麗兒那時採取一樣的方法即可。

如果是陷阱的話，那也沒有問題。

我就像補蚊燈一樣吸引敵人，到了緊要關頭再說一句「師傅，麻煩您了」就好。

就如同多指鞭冠鮟鱇那般，奧爾斯帝德會三兩下就收拾敵人。

我最近在街頭巷尾似乎被人稱為「龍神的部下」或是「龍神的爪牙」，但自稱為「龍神的燈籠」或許是最合適的。

「但是，這件事也有可能與人神無關。」

「…………您的意思是？」

「這件事打從一開始就可能是預定發生的。」

哦，打從一開始就預定發生的。

「剛才那番話終究只是推測。日記上也沒有記載關於現在這時期的事。搞不好札諾巴・西隆到了本國之後，意外地會平安回來。」

這次事件是在和人神無關的狀況下發生的。

札諾巴按照歷史被召回西隆，在結束工作之後平安無事地回來。

這麼一提的話，感覺好像，也有這種可能性，是嗎？

「…………唔──」

「日記裡的札諾巴遭到米里斯發出通緝令懸賞。考慮到這一點，西隆自然不會允許札諾巴回國，或者是札諾巴自己拒絕這個要求，再不然就是金潔隱瞞了這件事……」

原來如此。冷靜下來仔細想想，日記和現在的狀況也不同。假設日記未來裡的帕庫斯成功發動政變，札諾巴依舊是通緝犯。為了不讓遭到米里斯神聖國通緝的人回到國內，佯裝不知也是情有可原。

在米里斯神聖國，有著類似傭兵部隊的騎士團。

讓札諾巴回國，那個騎士團就有可能會加入敵對國家。

不過，要說出所有可能性的話可就沒完沒了。

「不過，人神利用我改變了西隆的歷史對吧？在那種情況下，西隆依舊變成了共和國不是嗎？」

「或許是想改變卻改變不了。儘管你有強大的命運，但是並非強大到能扭轉一切。」

也對，畢竟不可能與我扯上關係就能讓所有歷史發生變化。

「唔……」

這時，奧爾斯帝德似乎注意到了什麼。他把手抵在下巴，擺出了沉思的姿勢。

「怎……怎麼了嗎？」

「不……帕庫斯曾經待在王龍王國吧。」

「是。」

「既然如此，政變也有可能是由王龍王國從中促成。」

「嗯，確實如此。」

啊，這樣啊。

帕庫斯曾待過王龍王國。換句話說，他也有可能是在那遭到其他使徒誆騙嘍？

所以帕庫斯有可能並非使徒。

王龍王國的某人可能才是人神的使徒。而那傢伙，可能就是這次的幕後黑手。

「好，我去王龍王國，尋找那邊可能是使徒的人物。」

咦？他沒有要一起去西隆嗎？

「可……可是，假如西隆王國才是人神的陷阱……該怎麼辦才好？」

「……如果你懼怕這點的話，最好還是別去了吧。」

換句話說，這是要我見死不救嗎？把札諾巴扔下不管。也是，對奧爾斯帝德而言，札諾巴或許不是什麼重要人物。儘管奧爾斯帝德答應過會保護我的家人，但札諾巴是摯友，並非家族的一分子。

啊，那只要讓他變成家人不就得了嗎？

拜託家裡的誰去跟札諾巴結婚……

不對，這樣不對。雖說我覺得如果是札諾巴的話，把妹妹託付給他也未嘗不可，但重點不在這裡。

「札諾巴幫助過我。在日記裡也是，他直到最後都在幫我。」

「……」

「我不會對他見死不救。」

問題是，憑我一個人能不能成功保護札諾巴。

不對，或許也不用一個人過去。派其他人幫我保護札諾巴如何？艾莉絲認識的人裡面好像也有劍聖，讓她聯絡劍之聖地，組成札諾巴護衛團之類。

不，讓不太熟識的人知道轉移魔法陣的存在也很困擾。

傭兵團目前也還不到能夠出動的階段……

「那麼你去西隆，而我前往王龍，粉碎人神的企圖。可以嗎？」

「是。」

仔細想想，狀況還有許多可能性。想來勢必得在路上一邊思索一邊調查。

「對了。我忘了說一件事。去西隆的時候，有一件事希望你能銘記在心。」

「是。」

希望我銘記在心的事啊。是要說「絕對不要死」之類的話嗎？

如果是這樣的話，倒是會讓我很心動呢……

「萬一帕庫斯．西隆是使徒，也不准殺了他。」

「……什麼？」

「不准殺帕庫斯．西隆。」

或許是因為這件事很重要，他說了兩次。

不對，是因為我又問了一次。

不准殺帕庫斯……對這個要求其實沒什麼好疑惑的。畢竟要是殺了帕庫斯，西隆就不會變成共和國了。

ＯＫ，老闆。

即使帕庫斯對我們抱著敵意，我也會在不殺死他的情況下應對。

「我明白了。」

不過，難度上升了呢。

假設帕庫斯有意要殺我們，我們也沒辦法殺了他。在這種狀態下……首先，我要確保自己不死。還要把札諾巴帶回來。會很辛苦。

奇怪？話說回來，札諾巴要做了什麼之後才會願意回來？

札諾巴的目的是什麼來著？國防？要做什麼才會感到心滿意足呢？

不，算了。我的職責就是跟著札諾巴過去，在旁邊守護他。

然後，再找時機使出渾身解數說服他。

同時，也要找出人神的目的與陷阱，將其攻破……應該是這樣吧。

「奧爾斯帝德大人，非常感謝您。」

「毋須道謝。」

我朝著奧爾斯帝德深深行了一禮，隨後便離開事務所。

★ ★ ★

只不過，人神的陷阱啊。札諾巴對於我要跟過去這件事並沒有特別抱怨。

可是，假如我說這是陷阱，札諾巴肯定會反對吧。

會不會相反？就算會遭他反對也應該明講嗎？人神為了殺我，在西隆王國設下了陷阱。他打算以你為餌誘我出面殺死我。所以求求你不要去，用這種說法說服他……

不，這樣不行。

感覺他只會回說「既然是這樣的話，就由本王子一個人去吧」。

這樣的話最好還是保持沉默，裝作若無其事地跟在他身邊吧……

這次也得保持沉默啊。說不定，我也快被札諾巴討厭了。

第二話「不好的預感」

回到家後，我向家人報告了要前往西隆王國一事。

雖說這陣子在出差時多半不會說明詳情，但畢竟這次感覺會稍微花上一段時間，所以我想先向家人報備清楚。

首先，我們公司的事務所沒有直達西隆王國的轉移魔法陣。

因此要透過事務所前往的話，就得在王龍王國購入馬車，再動身前往西隆王國。

以前從王龍王國移動到西隆時花上了四個月時間。考慮到當初在旅途中有順便探索城鎮，趕一下的話大約兩個月多一點就能抵達。換句話說，來回得花上四個月。艾莉絲再過三個月就要生了，這件事不管怎麼擠出時間都來不及。

當然，要是能拜託佩爾基烏斯讓我們直接前往西隆王國，自然不需花上那麼多時間。

札諾巴與佩爾基烏斯的交情深厚，由他去求助的話應該不會拒絕才是。

話雖如此，即使可以靠這種方式把移動期間大幅縮短至一個月以內，我仍然不清楚在西隆王國內要花上多少時間才能說服札諾巴。畢竟說實話，我也還不是很清楚自己該做什麼。

如果只是打倒某人就能回來事情就簡單了，但奧爾斯帝德說過不能打倒帕庫斯。

時間很有可能超出原本預期。

「事情就是這樣，我不清楚什麼時候能回來。」

我在晚餐時間這樣宣言。

儘管諾倫不在，但希露菲以下，塞妮絲以外的人都到齊了。

關於日程以外的事情也概略說明了一遍。

唯一沒有提及的，就是人神有可能設下了陷阱等著我這件事。

畢竟這不過是有可能而已，要是艾莉絲她們聽到後硬要跟來也很麻煩。

雖然瞞著不講有些旁門左道，但是拜此所賜沒有人反對。

「我是沒關係。」

只不過，她們一起望向了艾莉絲。

集周圍視線於一身的艾莉絲，將雙臂環在大肚子上，擺出了她的招牌動作。

「是嗎，那就沒辦法了。」

艾莉絲說得十分乾脆。反倒是希露菲慌張地說道：

「等等，艾莉絲，妳會不會說得太輕鬆了？」

「就算魯迪烏斯不在，小孩子也生得出來啊。」

「可是，會很辛苦喔？」

「我知道。不過，就算魯迪烏斯在場，也頂多只能握住我的手而已吧？」

「是這樣講沒錯啦，但就是這樣才好啊……」

希露菲說完這句話後便沉默了。

仔細一看，洛琪希就像是在贊同希露菲的意見般，將手一張一握的。看來根據當事人的看法，我掌心的溫暖在生產過程中尤其重要。

「我不需要魯迪烏斯。」

艾莉絲這樣說完，哼的一聲翹起嘴。

雖然被說不需要很令人難過，算了，反正有莉莉雅和愛夏坐鎮。

這樣一想，確實是不需要我。

「魯迪烏斯只要在回來的時候，誇獎我生下了出色的男孩子就好。」

今天的艾莉絲儼然是個剛毅果決的男子漢。

想來是為了不讓我猶豫才會想出這番話詞吧。以艾莉絲來說確實很體貼。

雖然很感激，卻也感到些許落寞。被丈夫說「小孩自己生就好了吧」的妻子，想必就是這樣的心情吧。不對，要生的人又不是我。

「……話說回來，妳好像說過名字也已經決定好了是吧。」

「嗯，是很好聽的名字喔。你就好好期待吧！」

說是這麼說，但我記得好像只取了男生的名字？要是我不在的時候生下了女孩子該怎麼辦啊？會被取男生的名字，作為男生來養嗎？

「艾莉絲……如果是女孩子的話，就用艾莉絲的母親名字，命名為希爾達吧。」

「我才不要，那聽起來就像老太婆的名字！」

被否決了。不過話又說回來，竟然說像老太婆……感覺希爾達小姐會在九泉之下啜泣啊。

「好啦好啦，既然艾莉絲姊都這麼說就行了嘛。就照希露菲姊平常說的那樣，從背後默默支持哥哥就好了。」

愛夏用這句話做出總結。

希露菲似乎從平常就在說要從背後默默支持我。

不愧是妻子團之首。實在可靠。

要是留下艾莉絲一個人會讓人擔心，但是我還有其他值得信賴的妻子、妹妹和母親。不會有任何問題。我就倚賴她們吧。

「魯迪烏斯一個人讓人很不放心，所以我其實很想一起去的！」

反了。結果被擔心的人反而是我嗎？

也對，這次確實有點危險。畢竟根據狀況，也有可能是等於自己直接奔向人神所設下的陷阱。

呃，一這麼想就突然感到不安。我這次真的能活著回來嗎……

不對，盡是往壞處想也沒有意義。做好自己該做的事，要是敵人出現就全力對付，臨機應變。僅此而已。

「魯迪，你看起來很不安呢。」

當我這樣思考，洛琪希出聲向我搭話。

她一如往常抱著菈菈，睡眼惺忪地望著我。

「嗯，是啊。畢竟這次說不定會演變成戰爭……」

總之先以這種說法搪塞過去後，洛琪希以嚴肅的表情抬頭望著我。

「老實說，這次的事情我認為自己也是原因之一。」

「咦？為什麼？」

「因為從帕庫斯王子還小的時候教導他讀書的人就是我。」

這麼一提，記得洛琪希曾待在西隆王國很長一段時間。

「不過，妳充其量只是一名家庭教師，並非什麼都能教他吧？」

「是的。可是，他的個性變得扭曲，是我還在職的時候。」

並不是洛琪希的錯。不會有人在上過洛琪希出色的課程後還會走上歧途。

因為是我說的，肯定沒錯。

雖然想這麼說，但畢竟我也不是很了解帕庫斯這個人……據奧爾斯帝德的說法，雖說是透過政變，但帕庫斯似乎擁有成為國王的器量，也有可能會因為洛琪希的教育而成長得比原本稍微更笨一點……

不對沒這回事。不可能會有這種事。受到洛琪希的教導之後，就算是最差勁的人渣也多少變得出色了一點。這件事不能歸咎在洛琪希身上。是其他原因。

「這件事不會是老師的錯。」

「……魯迪，雖然你應該沒注意到，但你在叫我老師的時候，眼神稍微有點怪怪的。」

咦？真的假的？

不對這怎麼可能。我是因為尊敬著洛琪希才會稱呼她為老師。

說什麼眼神怪怪的，絕對不可能。雖說我記得前陣子相好時有扮演老師與學生的角色，但那是為了讓圓滿的夫妻生活更添情趣所做的小巧思，絕對沒有下流的想法。冤枉啊。

「雖說我對這件事也有些想法……但事到如今就算我去了，也只是節外生枝吧……」

洛琪希如此說著，同時瞥向了菈菈一眼。

菈菈正以滿是睡意的表情望著我。或許是有什麼話想說吧，她一直目不轉睛地盯著我。

洛琪希似乎有些煩惱。要是沒有小孩和學校得顧，說不定她也想陪我一起去西隆一趟。

「不，我覺得這真的不是洛琪希的錯。」

總之先強調這件事吧。

如果我沒有轉生的話，不確定洛琪希還會不會成為帕庫斯的家庭教師。

可是，帕庫斯到頭來還是會發動政變奪走王位。

再加上，這次人神在背地裡操控的可能性也很高。

假設因為受到洛琪希的教導，使得帕庫斯接受的教育與原本歷史的不同，也不會因這種程度產生巨變才是。

所以，並不是洛琪希造成這個現狀。

「因為，帕庫斯肯定是遭到人神唆使才會這麼做。」

「可是……不，你說得對。我明白了。」

儘管洛琪希似乎還為某事糾結，但她選擇就此打住。

知道自己的學生正在胡作非為，果然會讓人很在意嗎？

我不經意地望向希露菲。

儘管她不是我的學生，但教導她魔術基礎的人是我。除此之外應該也教了她各式各樣的道理。萬一這樣的她在轉移事件之後沒有到愛麗兒身邊，而是用我所教的魔術過著作奸犯科強盜殺人的生活。

我又會作何感想呢？

果然會覺得是我的教育方法有誤，自己得負起責任，想阻止她，設法勸說她吧。

「那個，魯迪，怎麼了嗎？」

「沒事，只是想到以前的希露菲不管我說什麼都會聽呢。」

「怎麼突然講這個？現在的我也很聽話吧？像上次我明明說很難為情，魯迪卻還是得意忘形地把我……」

「還是別在孩子面前說那種事吧。」

「啊，嗯。」

坐在她旁邊的露西來回看著我和希露菲的臉。

她露出一臉「在說什麼？」的表情。真可愛，可是還太早了。妳現在還不能懂什麼叫深夜開車的老司機。

既然最後的氣氛滿輕鬆的，就在這讓聚會劃下句點吧。

「那麼各位，之後的事情就拜託……」

「哇──！哇──！」

突然間，一陣哭聲響起。

仔細一看，平常不太愛哭的菈菈正在洛琪希的懷裡哭泣。

她望著我，哭著朝我伸出手。

「哇啊——！哇啊啊——！」

「菈菈，怎麼了？乖喔乖喔……」

即使洛琪希慌張地安撫，菈菈卻始終哭個不停。她或許還是第一次如此激動地大哭。是因為承受不了這麼沉悶的空氣嗎？

她望向我，伸出手來，激動地嚎啕大哭。

「魯迪……」

「嗯。」

我從洛琪希手中接過菈菈，試著抱住了她。

菈菈在被我抱住的瞬間，便立刻停止了哭泣。她緊緊地抓著我的肩膀，猶如蟬一般貼在我身上。或許是因為感覺到我要到什麼地方去了吧。如果她是因為討厭那樣而哭的話，我會有點感激啦……但以前從來沒發生過這種事。

是因為這次的氣氛有些不同，讓她察覺到什麼了嗎？

「好啦，爸爸稍微去一趟就回來了。妳要當個乖小孩喔～」

算了，總而言之，既然不哭就沒事了吧。

我輕輕地撫摸菈菈的背，然後把她還給洛琪希。

我是想這麼做，卻沒辦法。因為菈菈不肯放開我。

她揪住我的長袍，緊緊黏住我。妳是獨角仙嗎？

「呀——！啊——！」

當我試著把她拉開，菈菈便大聲地抗議。

原來妳這麼想和爸爸在一起啊？真令人開心。

乖乖喔，回來之後，就和爸爸一起洗澡吧～

「那麼，洛琪希，麻煩妳了。」

「咦？啊，好的。」

就算不肯放手，力氣也終究是嬰兒。我輕鬆地把她拉開，還給洛琪希。

「啊啊啊啊！呀啊啊啊啊！」

才剛這麼做，菈菈就發出了淒厲的慟哭。音量大得和艾莉絲一樣。平常她並不會發出這麼大的叫聲……這樣彷彿是在虐待她一樣。實在令人內疚。

「呃，我不在家的時候也……」

「噗啊啊啊啊啊啊！吧啊啊啊啊啊！噠啊啊啊啊啊！」

不要，爸爸，等等。聽起來就像這樣。實在讓人於心不忍。

不過，我非去不可。為了幫助摯友，我不去不行啊。

「咿啊啊啊啊啊！啊啊啊啊！啊啊啊啊！」

我瞥了一眼，發現菈菈不僅哭成淚人兒，還同時以凶神惡煞的表情朝我伸手。

第一次看到這樣的菈菈。

其他的家人也露出不知所措的表情看著菈菈。

「乖喔乖喔……到底是怎麼了呢？以前從來沒有這樣……莉莉雅小姐，妳知道是怎麼回事嗎？」

「不，我也沒有遇過這樣的狀況……」

儘管洛琪希也想盡辦法試著安撫她，卻沒有效果。

總覺得開始有點不安了。這個，怎麼說，不是很反常嗎？

我就這麼出發，真的不要緊嗎？菈菈是受聖獸雷歐遴選的救世主。雖然我不知道她會如何拯救世界，但說不定她身上擁有著某種特殊能力。

像是未來預知之類。或者該說，能看出接下來會死的人之類。咦……那表示，我會死嗎？

「啊啊啊啊啊！咿啊啊啊啊！」

悲痛的哭聲響徹整棟房子。不由得煽動了我內心的不安。

「我明白了，菈菈。」

而就在這時，有一名人物採取了行動。

她將菈菈抬到和自己的臉相同高度，視線相對這樣說道：

「我會一起去，保護爸爸。」

猶如太陽般的那位貴人如此說道。

她只說了這麼一句話。

菈菈便頓時停止哭泣。

★★★

洛琪希也要跟來。

我阻止了她。

這次是真的很危險。實際上是人神陷阱的可能性很高。一旦演變成戰鬥，洛琪希在反而會絆手絆腳。佩爾基烏斯的空中要塞也不允許魔族進入。況且當一名教師才是洛琪希的夢想。要是沒有事前通知就休息好幾個月，肯定免不了革職。只不過是因為孩子哭鬧，就二話不說放棄夢想真的好嗎？

像這樣，我混著稍稍強硬的語氣列舉了許多理由拒絕洛琪希同行。

然而，洛琪希卻始終面不改色。

「既然是陷阱，就能解釋菈菈為何會哭了。更何況，魯迪剛才為什麼沒有說出這件事呢？」

「就算在戰鬥上會礙手礙腳，我也能在其他地方派上用場吧？」

「既然用拜託的你不願讓我跟去的話，那我自己由其他路線出發。」

「成為教師確實是我的夢想，不過這個夢想並沒有大到能用丈夫的性命交換。」

「讓女兒停止哭泣，也是身為母親的職責吧？」

秒答出一個接一個的反論，我三兩下就被駁倒，無話可說。

家人裡面也沒有人願意站在我這邊。

她們當然也不是覺得洛琪希死不足惜。反而是聽到這次說不定是人神設下的陷阱之後，擺出了「原來是這樣！」的表情。大家責備我為什麼瞞著不說之後，艾莉絲主張自己也要跟去，希露菲雖然出面制止，但也認真地說自己是不是也應該要跟去。

每個人都因為菈菈不尋常的舉動而萌生不安。

讓我一個人去好嗎？真的不要緊嗎？這次的反常舉動，會不會就是所謂不好的預感？魯迪是不是會遭遇什麼不測？

把感到不安的她們統整起來的，是洛琪希。

她主張由自己作為代表前去。這句話讓希露菲與艾莉絲都收手了。

不愧是洛琪希，雖然我想這麼誇她，但心情卻很複雜。

我也有自己的想法。我是會把重要的物品小心翼翼收好的類型。名為洛琪希的寶物，可以的話還是想收在安全的寶箱裡面。

但是，洛琪希也有頑固的地方。就算我在這時堅決反對她同行，她肯定會按照剛才的宣言，透過其他管道前往西隆王國吧。

既然這樣，最好還是讓她一起跟來。跟在身邊的話，我也比較好保護她。

不過說實話，這次連我也很不安。

面對人神的陷阱，沒有奧爾斯帝德幫助。也還沒有想到該怎麼做才能把札諾巴帶回來。前途一片黑暗，滿是不安。

在這種情況下，我在這個世界比任何人都尊敬的那個人——洛琪希願意陪我一起來。

沒有事情比這更值得信賴。

隔天開始，我們為了前往西隆進行準備。

關於旅行必需品方面就省略不提。

首先，從札諾巴的裝備開始說起。我是自不用說，當然也不能讓札諾巴喪命。因此，我從事務所的武器庫挑選了幾項札諾巴用的裝備。

首先，是我覺得自己穿不到的厚重全身鎧甲。是附加了「火焰無效化」效果的魔力附加品。對於怕火的札諾巴來說是再適合不過的道具。

這樣的說法聽起來好像是札諾巴特別怕火，但人類基本上都拿火沒轍。

然後是武器。

據奧爾斯帝德所說，沒有能夠承受怪力之神子札諾巴使用的武器。無論任何名劍，到了札諾巴手上便猶如小樹枝一般，僅是用過幾次便會折斷。

因此，我幫札諾巴製作了一把他專用的棍棒。

是以我的魔力加固得硬梆梆的石製棍棒。

以造型來說，就是將球棒直接加大一個尺寸那種感覺。與外觀看起來相反，重量誇張到一名大人無法舉起，但札諾巴卻像是用捏的一樣輕鬆舉起，揮舞起來就像甩樹枝般地輕鬆。要是被這狠狠敲打，大部分的對手都必死無疑。簡直就是如虎添翼。

札諾巴雖然有一身怪力，身體卻很虛弱，或者該說腳程很慢，所以我也針對這點準備了輔助裝備。

那就是魔力附加品「濫捕撒網」。雖然不清楚是什麼樣的原理，但這道網子在投擲而出的瞬間就會像是擁有自我意識那般自動追蹤敵人，加以捕獲。只要配合札諾巴的怪力，便能一瞬間將對手拉倒在地，一口氣拖到札諾巴的拳頭可以觸及的範圍。

總之就讓札諾巴以這三種道具戰鬥吧。除了不合意全身鎧甲的造型之外，札諾巴也感到很滿足。

當然，也同樣不能讓洛琪希喪命。

所以我也準備了幾項洛琪希專用的裝備。

關於防具方面，還是精心挑選比較好吧。話雖如此，由於洛琪希力氣不大，自然不能像札諾巴那樣穿上結實厚重的鎧甲。讓戰鬥經驗豐富的她裝備不習慣的防具反而會有危險。總之，先把一旦發動就會張開結界抵擋物理攻擊的戒指，以及能代替使用者受到一次致命傷的項鍊交給了她。

至於魔杖和長袍則是維持原樣。

雖然依舊令人感到不安，但只要我努力保護她便不成問題。

不知道人神設下了什麼樣的陷阱，但我累積的修行想必足夠應付。

關於學校方面，後來札諾巴是申請退學，洛琪希則是以留職停薪處理。

畢竟讓洛琪希遭學校開除可不是好事，所以先讓札諾巴寫了封簡短的書信，提出要把洛琪希視為西隆的宮廷魔術師帶回去的要求。

對此，學校方面嚴正抗議。

校長、札諾巴與洛琪希隔著一張桌子針對這點進行了一番討論。看樣子，洛琪希對於學校而言就是如此可貴的存在。這也是理所當然。如果我是校長的話也會這麼做。

「洛琪希小姐原本就是西隆的宮廷魔術師。雖說之前由於陰錯陽差，導致她辭去宮廷魔術師一職，但畢竟她有足夠實力，本王子打算再次以西隆王國宮廷魔術師的身分恭迎她回國。」

札諾巴盛氣凌人地如此說道，相對的洛琪希則是拐彎抹角地抗議說：「其實我並不想當什麼宮廷魔術師喔——」校長順著洛琪希的話，主張：「洛琪希目前是屬於我們魔法大學的人員。」

在經過約一小時左右的討論之後，札諾巴讓步了。最後的結果是由於這次的事姑且與洛琪希也有關係，雖然會帶她回去，但是在事情辦妥之後便會讓她回歸大學……事情就此定案。

一開始先提出不合理的要求，然後再予以妥協。

這是很常見的交涉手段。

這樣一來，洛琪希在回來後應該也能繼續擔任教師吧。

然後，也確保了我的裝備。

話雖如此，我的裝備基本上沒有變更。只有魔導鎧「一式」、「二式改」與加特林機槍。

最近這陣子，已經很久沒使用我的伙伴「傲慢水龍王」了。

雖然覺得對艾莉絲不好意思，但她也說「既然有更好的東西，就用那個不就好了」。真希望她能更珍惜回憶啊。明明這是我們十歲的回憶……不過這也代表不要留戀過去的意思吧。雖然我直到現在還清楚記得她當時胸部的觸感……

總之，伙伴（傲慢水龍王）現在正好好地擺在我的房間。

是不是該讓給希露菲比較好？

和艾莉絲相反，希露菲依舊在使用我當初送給她的魔杖。要是把伙伴（傲慢水龍王）也送給她，想必她會很開心地使用吧。不過先等等，把從女人手中收下的禮物再送給其他女人好像不太好？雖說希露菲在用的那把也是洛琪希當初送給我的就是。

不管怎麼樣，我會和平常一樣用小型魔導鎧「二式改」戰鬥，唯有在強敵出現的時候，才會動用大型的魔導鎧「一式」。

不要緊，就算有強敵出現，我也為了這一刻訓練過來。肯定有辦法的。

大型的魔導鎧「一式」和「二式改」不同，沒辦法一直穿在身上，所以要先解體後帶走，到了那邊再重新組裝起來。畢竟人神知道「魔導鎧」的存在，為了不讓他事先採取對策，還是先藏起來比較保險。

裝備湊齊了。

再來只剩移動手段。

如此這般，我和札諾巴一起去向佩爾基烏斯低頭了。

★★★

當我們前往空中要塞之後，便被帶到了一間莫名豪華的房間。是我以前從來沒有進過的房間。

這房間感覺上是用來滿足自我興趣。牆上陳列著一幅幅的繪畫，架上也擺放著手掌大小的雕像。

裝飾在這裡每一樣東西，與空中要塞其他的展示品相較之下，都有著截然不同的風格。

儘管擺放在走廊的是「感覺很昂貴」的作品，但放在這的作品則是「作工精緻」或是「頗具品味」。這代表完成度和價格不成比例。

「這裡真不錯呢。」

「哎呀，師傅是第一次來這裡嗎？」

我不經意地脫口而出之後，札諾巴一臉意外地回應。

「嗯，畢竟平常都是去客房，再不然就是庭園之類……」

「這裡是只有受到佩爾基烏斯大人認可的人才能進入的場所。」

站在入口的希爾瓦莉爾以嚴肅的口吻如此說道。

她的語氣聽起來簡直就像是在表示「你才沒有受到認可咧」。雖說是最近才這麼想，這個人大概不太喜歡我吧。正確來說，她不喜歡我的上司奧爾斯帝德。

「希爾瓦莉爾大人。這種講法彷彿師傅劣於本王子，可以麻煩妳別這麼說嗎？」

札諾巴頭也不回，對著這番話表達了不滿。你至少要看著對方吧。

「可是，我雖然不清楚為何今天被吩咐要帶兩位一起過來，但是受到佩爾基烏斯大人認可，獲准參觀這房間的人只有札諾巴大人……」

聽到希爾瓦莉爾冷靜的回應，札諾巴猶如鬼魂般地轉過頭。

「師傅在和佩爾基烏斯大人相遇之時，確實已經幾乎退出了製作人偶的行列，會被這麼看待也是無可厚非。然而，師傅作品的造詣之深，完成度之出色，可是本王子所擁有的知識根本無法相提並論。」

「但佩爾基烏斯大人……」

「魯迪烏斯．格雷拉特是本王子的師傅。確實，與佩爾基烏斯大人或本王子相較之下，他的知識或許是有些不足。但是，假使沒有師傅的諄諄教誨，想必受到佩爾基烏斯大人認可的札諾巴．西隆也不會在這了吧。」

「……」

希爾瓦莉爾沉默了。雖說戴著面具看不出來，但我想她現在的表情肯定很不是滋味。

儘管我也習慣札諾巴對我的百般抬舉，但剛才那番話還是讓我有些感動。但我只不過是稍微涉獵過異世界的模型知識，所以還是希望能謙虛一點，承認自己沒那麼了不起。

「我明白了。非常抱歉，札諾巴大人。」

「不必在意，希爾瓦莉爾小姐。」

希爾瓦莉爾低頭致歉，札諾巴也爽快地原諒了她。

其實我個人是覺得不管被怎樣的態度對待都無所謂啦。

「札諾巴啊，來得好。」

這時，後方的大門打開了。是佩爾基烏斯。

他或許是察覺到了房間的氣氛，交互地看著希爾瓦莉爾與札諾巴。

「……怎麼？難道希爾瓦莉爾有什麼怠慢的地方嗎？」

「不，由於師傅說沒有來過這個房間，只是針對這件事聊了一下而已。」

札諾巴笑著回答。

從他沒有向主人告狀這點，可以看出這個男人很會作人。

「魯迪烏斯啊……的確，一直以來都沒有機會呢。你覺得吾引以為豪的房間如何？」

「非常出色。與擺放在走廊的作品相比，此處每樣作品的風格感覺更具『品』『味』。」

「哦？」

因為我也不知道具體來說是哪裡好，所以講得比較含糊，但佩爾基烏斯相當愉悅。

「假使將外面的東西視為廣義上的一級品，擺在此處的東西便是佩爾基烏斯大人中意的特級品，請問我說得對嗎？」

「正確答案。」

佩爾基烏斯開心地咧起嘴角，然後在椅子上就座。

看來猜對了。我的眼光也挺犀利的嘛。看吧，希爾瓦莉爾也一臉詫異……的感覺。畢竟戴著面具看不出來。

不管怎樣，我和札諾巴在佩爾基烏斯的催促下就座。

形成了三方會談的局面。

「那麼，今天有何要事？難不成又找到了什麼有趣的人偶嗎？」

佩爾基烏斯愉悅地詢問來意。面對他的札諾巴開心地笑著說道：

「不是的，佩爾基烏斯大人，今天是因為本王子即將回到故鄉，專程來向您告別的。」

「嗯……」

佩爾基烏斯納悶地皺起眉頭，目不轉睛地盯著札諾巴的臉。

然後，逐漸地轉變成不愉快的表情。

札諾巴在這段時間，鉅細靡遺地說明受到西隆王國徵召回國的來龍去脈。

佩爾基烏斯沒回任何一句話，只是專注地凝視著札諾巴的臉。

「因此，本王子將會回到故鄉。」

「……」

札諾巴的說明結束之後，佩爾基烏斯沉默了一段時間。

在陷入沉思的這段沉默之後，佩爾基烏斯開口說道：

「……札諾巴。你想死嗎？」

札諾巴愣著一張臉回望佩爾基烏斯。

「您為何如此斷言？」

「看表情就知道了。因為像你現在這種表情的男人，吾早已屢見不鮮。」

佩爾基烏斯不悅地這樣說道。

雖然光從表情來斷定好像有失公允，但既然佩爾基烏斯願意阻止他，我也想順著他的意。畢竟不讓札諾巴前往西隆王國才是最好的選擇。這樣一來，我也不需要跳進人神的陷阱。

「假使真的如您所說，請問您有何打算呢？」

札諾巴的撲克臉始終沒有垮下，佩爾基烏斯見狀咧嘴笑了。

「假如你打算與某人一戰，為此渴求力量的話吾大可借你。與你一同探討藝術的時間，對吾來說十分寶貴。若是有人打算礙事，就由吾將他消滅吧。比方說……假王之類。」

「沒有必要。」

「哈，吾想也是。」

佩爾基烏斯突然轉動視線，落在我的身上。

我也應該說點什麼吧？他的眼神難不成是這個意思？

當我這麼以為，佩爾基烏斯卻無視我繼續和札諾巴交談。

「札諾巴……你要去送死一事，這個男人也諒解了嗎？」

「不，師傅只說要一起跟去——」

「哦，所以你沒有拒絕嗎？」

「因為要是師傅有那個意思，也有可能讓本王子去不了西隆王國。」

我說要去的時候，札諾巴並沒有強烈反對。

看樣子似乎是認為反對也沒有用。這個嘛，的確是沒有用。

「想必魯迪烏斯就算犧牲性命，也會保護你吧。」

「哈哈，您在說什麼啊，佩爾基烏斯大人？」

札諾巴快活地笑了。但卻是虛偽的笑容。

「師傅已經生了孩子，又有不得不做的要事在身。如果發生什麼萬一，應該會好好地以自己的安危為優先吧。」

「難道你拜他為師的男人，無法守護在眼前陷入險境的伙伴嗎？」

「怎麼會！但是師傅是位了不起的人。肯定能一邊保護本王子，同時讓自己也活下來！」

我才不是那種超人。

算了，姑且不論札諾巴是否真心把我當作超人，佩爾基烏斯剛才提到的「死」這個詞，被他輕描淡寫地迴避了。因為在這傢伙的心裡，肯定不存在不去西隆王國這個選項。

佩爾基烏斯似乎也明白了這點。

他就像突然失去興趣那般，用手抵著臉頰，一臉無趣地嘆了口氣。

「那麼，想必你並不是只為了告別而來，應該有什麼請求吧？」

札諾巴點頭回答。

「希望您讓我們借用通往西隆王國的轉移魔法陣，並允許攜帶魔導鎧進入……然後，還請允許師傅的妻子，魔族洛琪希・米格路迪亞通行這座城。」

「轉移魔法陣可以由吾準備。魔導鎧也允許你們攜入……但是，吾不允許魔族踏入這座城堡。」

佩爾基烏斯皺起眉頭如此說道。阿爾曼菲以前曾經將洛琪希擋在門口。

因為佩爾基烏斯不想讓魔族進入這座城。

「即使是本人，札諾巴・西隆一生的請求也不行嗎？」

「札諾巴・西隆。你說『本人』，但你對吾而言又有什麼分量？」

「能夠以相同標準評論藝術，是不可多得的朋友。」

「你說吾甲龍王佩爾基烏斯・朵拉，與你這個區區小國的王子是朋友？」

「雖然冒昧，但本王子認為看事物的眼光，並無身分差別與種族之分。」
佩爾基烏斯狠狠瞪著札諾巴。但札諾巴絲毫沒有畏懼，回望著佩爾基烏斯。
希爾瓦莉爾也同樣以強烈的視線注視著札諾巴。
唯獨我的視線飄來晃去。
氣氛一觸即發。如果是我，八成已經道歉或是轉移話題。
「哈！」
佩爾基烏斯抬起下巴，發出了笑聲。
「好吧，吾允許魔族通行。」
「非常感謝您的體諒。」
「只不過，吾得附加條件。」
之後，佩爾基烏斯提出了幾項條件。內容是禁止洛琪希在城內開口，禁止觸摸在城內的東西，以及禁止與自己會面之類。
基本上如果只是要通行的話，這些條件都不成問題，因此我先幫她同意了。
「那麼希爾瓦莉爾，去準備魔法陣。」
「遵命！」
佩爾基烏斯向希爾瓦莉爾下達指示，最後以無趣的眼神望向札諾巴。
雖然是很冷漠的眼神，但我認為他的視線之中，蘊含了對某種東西斷念的心情。

「札諾巴・西隆。」

「是。」

「遺憾啊。」

佩爾基烏斯與札諾巴同時起身。

佩爾基烏斯轉頭離去，札諾巴則是不發一語地朝他行禮。

會覺得佩爾基烏斯的背影看起來莫名寂寞，想來應該不是我的錯覺吧。

魔導鎧在進行分解之後，通過魔法陣運送到了西隆王國境內。

之後，應該會透過金潔認識的伐木公會成員之手偽裝成石材，搬運到首都附近的倉庫。

我沒有辦法跟著一起過去。

但是，金潔會先行出發，替我們勘查西隆王國的狀況。

如果北方軍隊要進攻一事其實是空穴來風，也能成為說服札諾巴的理由。

雖然我是這麼認為，但看來似乎是事實，確實可以感受到北方的畢斯塔王國有打算侵略的意思。

國內籠罩著一股戰爭氛圍，據說也聚集了大量的傭兵與流氓。

「帕庫斯王從王龍王國借用了十名本領高超的騎士，似乎用他們將反抗的人全都殺了。」

本領高超的十名王龍王國騎士啊。只不過十人。雖說政變似乎並非是由包含帕庫斯在內的十一個人所為，但是很顯然的，是因為那十人的努力才使得政變得以成功。
既然如此，那也有可能是人神的陷阱。
「金潔小姐，妳知道那十名騎士的名字之類的嗎？」
「不，可惜還沒有查到那個部分……只不過，最近經常有傳言提及帕庫斯王的身邊有個長相酷似骸骨的男人隨侍在側。也有傳聞指出那是七大列強的『死神』。」
「這樣啊。」
靠，竟然是七大列強……算了，王龍王國再怎麼樣也不會把七大列強借給帕庫斯那種貨色，肯定是別人。不過這件事姑且還是知會奧爾斯帝德一聲吧。
長相酷似骸骨的男人，先記起來。
「嗯，要是北方打算侵攻的話，就必須儘快了呢。」
聽到這些消息，札諾巴似乎已經忍不住想快點出發。
他說隨時都能馬上出發。儘管語氣和往常相同，但可以感覺得到他的焦躁。
畢竟也沒有阻止他的理由，所以我們決定在幾天後就出發。
成員是我、札諾巴、金潔以及洛琪希四個人。
茱麗則是先寄住在我家。

第三話「再訪西隆王國」

出發前一天，那傢伙來了。

就在我和希露菲盡情享受魚水之歡，在睡前想去一趟廁所而走到走廊的時候。

雷歐突如其來地開始汪汪大叫。沒過多久，殺氣騰騰的艾莉絲便從房間衝出。怎麼了嗎？

「敵襲！」

「咦！」

難道有人要攻進這棟房子嗎？

我閃過這想法後回到房間，拿起魔杖和提燈，順便試著望向窗外。

黑夜之中，有名熟悉的人物站在門口。

「艾莉絲，那不是敵人啦。」

「……好像是這樣。」

艾莉絲也從窗口看到那傢伙，板著一張臉這樣說道。

我把魔杖放好並移動到走廊。把走出房間確認發生什麼事的家人一個一個勸回房內，然後前往玄關。

當我打開入口的大門後，奧爾斯帝德就站在眼前。
他遭到纏在門柱上的比特襲擊。是觸手ＰＬＡＹ。
「抱歉，這麼晚還來打擾。」
「不會……比特，別這樣。」
「我得知了一件必須儘快告訴你的情報，稍微借點時間吧。」
「啊，是。」
奧爾斯帝德把纏在身上的比特一根根扯下，然後便消失在黑暗的夜路之中。
我對比特施加治癒魔術，並向張開雙腳直挺挺站在玄關前面的艾莉絲知會一聲，隨後便追上他的腳步。
雖說要談事情，但這個鎮上並沒有二十四小時營業的家庭餐廳。
所以我們來到了附近的空地。
沒有月光的夜晚。我從家裡帶來的提燈火光，正照亮著空無一物的空地。
總覺得和奧爾斯帝德兩人單獨交談時，老是在陰暗的場所。
在陰暗的場所和奧爾斯帝德談話，會讓人感覺像是在策劃什麼陰謀。
是不是該增加事務所的照明設備啊……
「那麼，請問您有何要事？」
「是關於這次人神所準備的棋子。」

我已經把金潔的情報交給了奧爾斯帝德。

由於我去事務所時他人不在，所以是留了紙條跟他報告。

「根據金潔・約克的情報，我要把我的預測和應對的方法先告訴你。」

預測嗎？要是能再花更多的時間收集情報就好了……乾脆現在就先攔住札諾巴，收集更加詳細的情報吧。

不對，這樣萬一在緊要關頭失去札諾巴的信任也很傷腦筋。真難抉擇。

「首先，是關於那十名騎士，其中九名恐怕都並非了不起的貨色。」

「是。」

「但是剩下的一個人，長相酷似骸骨的男人，我有印象。」

是指經常待在帕庫斯身旁的那個男人吧。

「是王龍王國的騎士，又有張骸骨般的臉孔，本領高超，除了那人以外不做他想。」

「請問他是什麼人？」

奧爾斯帝德以銳利的眼神，像是瞪視般地看著我，並說：

「七大列強排名第五，『死神』藍道夫・馬利安。」

七大列強，排名第五──「死神」。

我在腦海中反覆思索這個詞彙的意義。表示傳聞是真的嗎……

「他是王龍王國的王牌。」

「……既然是王牌，為什麼會參加其他國家的政變呢？」

「不清楚，但假如有人神從中牽線，這樣的結果自然不難想像。」

也對，正常來想的確是這樣。問了無意義的問題。

「很難想像王龍王國會放掉『死神』。雖說我有想過會不會是別人……但想不到其他能夠殺害我或是你的棋子。總之就先暫定『死神』在敵方陣營，告訴你有關他的情報吧。」

說不定，骸骨男子並不是死神。

但是，他是有可能登場的對手之中最為危險的，自然還是事先做好對策妥當。

「關於『死神』藍道夫，那傢伙沒有特定的流派，是自成一派的戰士。」

「自成一派嗎？」

「沒錯。因此他的攻擊沒有一定章法。會動用所有派得上用場的招數取得勝利。」

這樣的話，應該是像瑞傑路德那種類型吧。

老實說我不太擅長和那種對手戰鬥。

「但是，他有套擅長的招式。就是『幻惑劍』。」

幻惑劍。從字面上可以想像得到。說不定是像圓月殺法那種感覺。（註：出自時代劇《眠狂四郎圓月殺法》）

「『幻惑劍』分為『誘劍』與『迷劍』兩種。」

「分別是什麼樣的技巧呢？」

「『誘劍』是會讓對手誤以為可以進攻，再加以反擊的招式；『迷劍』則是讓對手誤以為不該進攻，趁機脫離險境的招式。」

嗯？聽不太懂。

「那傢伙在戰鬥的同時會誘導對手的思考。當你認為應該進攻的時候不要攻擊，認為應該防守的時候不要防禦。一旦認為機不可失，反而勢必會錯失良機。記得做好心理準備。」

「從您這番話聽來，感覺我好像什麼都做不了。」

「一旦認為應該防守就大膽進攻，認為該進攻時就堅守防禦；但是真的該防守的時候就堅守防禦，該進攻的時候就大膽進攻……」

好像是什麼哲學問題。我都給搞混了。

「別被他的演技欺騙，要壓過他。」

既然奧爾斯帝德都說到這個份上了，自己去打倒他不就得了……這樣天真的想法一瞬間閃過我的腦海，但我馬上打消了念頭。因為奧爾斯帝德要去王龍王國。

「我能夠打倒他嗎……」

「他是七大列強第五位，技術當然也是最高水準，也擁有許多應對魔術的招式。是名棘手的敵人。但是，那個男人長期以來遠離戰鬥。現在的他遠遠不及三大流派之長。只要能掌握『幻惑劍』的意圖，理解其原理，看穿其思緒，即使是你也足以與他抗衡。」

真的嗎？

說實話，我現在仍然不認為自己能打贏神級的對手。

不過，我對上北帝奧貝爾時也打得挺像一回事的。那應該有辦法吧。

「從剛才這番話聽來，那個死神的戰鬥方式，跟北神流很像呢。」

「畢竟他是原本被視為北神候補的男人。」

啊，是這樣啊。原來是北神候補。意思是他不是北神，沒有當上北神。

可是現在的位階卻比北神還要高嗎？我記得北神是第七位，死神是第五位嘛。

「那樣的男人為什麼會被稱為『死神』……」

我這樣詢問之後，奧爾斯帝德便告訴了我死神的詳細情報。

藍道夫・馬利安。

北神二世的孫子。

在出生之後，有一陣子和現在的北神三世一起在二世的底下努力修行。然而，卻在成人之後與二世分道揚鑣，他離開北神二世門下，獨自磨練自己的技藝。結果，成功地在魔大陸打倒了七大列強的其中一人。藍道夫繼承了打倒的列強擁有的稱號，開始自稱為「死神」。

然而從那天開始，想要奪得七大列強之位的人一個接一個對他發動襲擊。

戰鬥之後又接著戰鬥。

與只能從戰鬥中找到生存價值的人進行永無止盡的戰鬥。

這樣的生活持續了十年左右，某一天，藍道夫對不停戰鬥的每一天心生疲憊。

於是他下定決心。

要回到出生的故鄉王龍王國，他在那裡學習煮菜，當上了一名廚師。

而且，還繼承了親戚的一間快倒閉的餐館。開啟了全新的死神傳說。

不過，這個傳說也立刻閉幕。

餐館由於經營不善而倒閉。儘管身為武人是個天才，但他似乎沒有當廚師的才能。

當他背負龐大債務走投無路的時候，被王龍王國的將軍撿了回去，成為王龍王國的騎士。

雖然不清楚他現在約為幾歲，但這就是死神藍道夫的前半生。

實在是非常快樂的人生。

「只要不弄錯戰鬥方法，他並非是你難以應付的對手。但是，假如『死神』藍道夫出現的話，記得避免接近戰。要拉開距離來戰鬥。就像之前和我戰鬥時一樣，在身上穿著魔導鎧。」

「我明白了。」

死神藍道夫。我把新敵人的名字牢記在心，向著奧爾斯帝德深深鞠躬。

「那麼……你要活著回來啊。」

「是。非常感謝您。」

得知了說不定得一戰的強敵情報。

出發日是明天。該繃緊神經了。

出發當天。

我在玄關前面由家人幫我送行。

抱著菈菈的希露菲、艾莉絲、愛夏、諾倫、莉莉雅、塞妮絲、露西、雷歐以及茱麗。

「那麼魯迪，你要小心點喔。雖然我想魯迪應該不會有問題，不過你不要大意，要平安無事地回來……」

「希露菲也是，大家就拜託妳了。」

「嗯。交給我吧。」

我和希露菲緊緊相擁。順便也摸了下屁股。要暫時和這個小巧且可愛的屁股告別，實在令人惋惜。

「艾莉絲，在孩子出生之前，要盡量避免劇烈運動。」

「我知道啦。」

「還有，要是生下來的孩子是女生的話，可要好好取個像女生的名字。」

我事先叮囑艾莉絲。如果是她的話，就算生了女孩也很有可能堅稱是個男孩。會無視她是女孩的事實，當成男孩養育長大。

儘管這種狀況在故事裡經常出現，但老實說很可憐，我可不希望在我家發生。

「那麼，哥哥。你要加油喔。等你回來之後，還要再進一步擴大傭兵團呢。」

「嗯，妳可別做出很難收拾殘局的舉動喔？」

「好啦好啦。」

我也事先對愛夏打了預防針。雖說我也很樂見傭兵團上軌道，但不能忘記他們原本就是由三教九流組成的集團。要是路線稍微走偏的話，將會淪落為單純群聚在一塊的無賴。可能的話，還是要以清廉的集團為目標。

「哥哥，我在學校時受到札諾巴殿下許多照顧。可以的話，希望不要以不幸的結局落幕，拜託你了。」

「嗯，交給我吧。」

「然後，也請哥哥自己小心。」

「諾倫也是，學生會之類的要好好加油喔。」

在出發當天特地前來送行的諾倫顯得有些拘謹。畢竟她當上了學生會長，接下來才是重要的時期。

「那麼少爺，祝您戰無不勝。」

「謝謝，我這次也會平安回來的。」

莉莉雅幫我激勵了士氣，她已經活像個退居第一線後面的老婦。其實還很年輕的說，雖然我想這麼說卻沒能說出口，而是低頭致意。

「……」

塞妮絲摸了摸我的頭。只要塞妮絲依舊處於這種狀態，莉莉雅也無心去做其他事吧。

我不由自主地覺得，莉莉雅的人生就像是被我家給奪走了一樣。

算了，那也是莉莉雅所選擇的道路吧。

「露西過來，跟爸爸說路上小心。」

「…………路上小心。」

「我走了，露西。」

露西在希露菲的腳邊忸忸怩怩地站著。

當我正以為她是不是有什麼話想說時，她就像下定決心似的走到了前面，抬頭望著我。

「……爸爸，抱抱。」

「當然好！乖乖，真是個好孩子呢！」

「…………嗯。」

由於她難得主動跟我撒嬌，所以抱起來後我順便磨蹭了臉頰。或許是因為有好好刮過鬍子，這次並沒有被嫌棄。在充分地享受一番之後，我把露西放了下來。

接著，我向站在家人角落的茱麗搭話。

「茱麗。」

「是，Grand master。」

「妳是我的弟子。雖然妳似乎認為自己當奴隸就好，呃，該怎麼說，妳就把這裡當成像是在札諾巴那一樣，在這裡生活不需要客氣。」

「是。為了不給大家添麻煩，我會努力的。」

我這番話是出自對茱麗的體貼。

老實說，我不清楚茱麗對自己現在的立場有什麼想法。但回想前陣子發生的那件事，至少她應該不會那麼討厭才對……

「……Master，就拜託您了。」

「那當然。交給我吧。」

不管怎樣，札諾巴的存在對她而言相當巨大，她也非常珍惜現在的生活。

當然，札諾巴對我來說也很重要。

「雷歐，和往常一樣，拜託你了。不只是菈菈，也要幫我好好保護其他家人。」

「汪汪！」

最後拜託看門狗負責看家，接著——

「那麼，我們要出發了。」

「我們去去就回。」

我揹起行李從玄關出發。

和我一樣向家人告別的洛琪希也一起跟上。

★　★　★

後來，我們在鎮上的入口處與札諾巴他們會合。

因為已經把大部分的行李都趁上次運回西隆王國，兩個人都是輕便打扮。身上帶的頂多只有替換衣物。順便說一下，洛琪希的行李是由我來提。

在這些行李之中，放著大約七件會轉化為聖物的物品。必須慎重搬運才行。

另外，克里夫與艾莉娜麗潔也來到了鎮上的入口處為我們送行。

「抱歉，魯迪烏斯……其實我也很想去的……」

克里夫雖然也想跟來，但他有自己的家庭。也有自己的立場。當然不可能像我一樣抱著被學校退學的心態東奔西跑。

「克里夫學長，萬一我的家人出了什麼事的話，就拜託你了。」

「嗯。魯迪烏斯，札諾巴就拜託你了。」

「包在我身上吧。」

說完這句話後，克里夫轉向札諾巴。

「札諾巴，我認為你的愛國情操令人刮目相看。」

「其實，這也並非是因為愛國情操。」

「但是札諾巴，你仔細聽好了。從前米里斯大人曾這麼說過——」

然後克里夫開始對札諾巴一句又一句地闡述米里斯式的說教。

與其說是說教，不如稱為弘法更為恰當。我也經常被他這麼做。這次說法的內容，偏向要珍惜生命之類的那種感覺。札諾巴一邊苦笑一邊聽著。感覺應該是馬耳東風吧。

我對這番話充耳不聞，不經意地往旁邊一看，發現艾莉娜麗潔和洛琪希正在交談。

「洛琪希，魯迪烏斯就拜託妳嘍。那孩子，在緊要關頭其實還挺脆弱的……」

「不需要妳提醒，我也有此打算。」

竟然是在擔心我？

算了，因為接下來要衝向搞不好有陷阱的場所，會擔心也是理所當然。

「要是他又消沉的話，就像之前那樣推倒他，讓他忘記不愉快的事情吧。」

「不，那個就……而且基本上我不認為魯迪會重蹈覆轍……」

「啊，對了。在旅途中順便懷個第二胎也不錯呢。妳現在正好是會分泌母乳的時期對吧？和平常不同的身體，以及與平常不同的玩法……會讓人很興奮的喔。」

「雖然魯迪應該會很興奮，但我不喜歡。」

從洛琪希的話可以感覺到她對我的信賴……但對不起，我是會再犯同一類錯誤的那種人。

不過我還是先警惕自己吧，如果，萬一，就算札諾巴真的死了，我也不能夠自暴自棄。

而且，艾莉娜麗潔是在幫洛琪希放鬆吧。

沒錯，肯定是這樣。不過，艾莉娜麗潔就算生了小孩還是和以往沒兩樣呢。一開口就是黃腔，感覺對小孩子的教育不太好。

「那麼，我們出發了。」
「嗯，要平安回來啊。」
總之，我們在他們的目送之下出發了。

我們花上半天的時間移動到城塞遺跡，進入了空中要塞。
洛琪希也順利地進入了空中要塞。
阿爾曼菲在把轉移用的道具交給洛琪希時表現出不悅的態度，轉移之後，在魔法陣的周圍除了希爾瓦莉爾以外還站著另外兩名佩爾基烏斯的部下。
對洛琪希一個人做出了高度的戒備。
「魯迪烏斯大人。若不是佩爾基烏斯大人寬宏大量，否則讓魔族踏入這座城堡可是……」
「是，我對此非常感激。」
「……」
我表達謝意，洛琪希也默默地低頭致意。
這是開出的條件之一。洛琪希在城裡禁止發言。
其他還禁止了單獨行動、接觸擺放在城內的物品，以及晉見佩爾基烏斯等諸如此類的行為。
算了，反正只是當個中繼站，並不成問題。

況且洛琪希也同意這些條件。

「……………」

只不過，洛琪希似乎也被金碧輝煌的空中要塞給深深吸引。

她像個鄉下人那般抬頭仰望高聳的城堡，不時地拉著我的袖子。話雖如此，我也被禁止向洛琪希說明城內的狀況。因此我只能透過長袍輕輕撫摸她的肩膀。洛琪希從帽沿下方抬頭看著我，臉頰稍微有些泛紅。

或許是對自己做出像個鄉巴佬一樣的動作在難為情。

「嗯咳。」

當我們打情罵俏的時候，希爾瓦莉爾清了清嗓子。

我們又沒聊天，應該沒關係吧？要是太瞧不起洛琪希，小心到時傳出流言蜚語，說佩爾基烏斯雖然寬宏大量，但他的部下卻是心胸狹窄喔。

負責散布謠言的是我部下的狗和貓。可別小看她們擴散情報的能力啊。

「那麼，請往這邊。」

我們由希爾瓦莉爾走在前頭，兩側由其他部下包圍的狀態下前往地下。

雖說這和押解沒兩樣，但也無可奈何。畢竟有求於人的是我。

讓佩爾基烏斯打從心底厭惡的魔族踏入這座城堡。儘管我並不清楚這件事究竟有著多大的含意，但能讓他違背原則，毫無疑問是因為札諾巴的關係。

因為佩爾基烏斯也希望札諾巴能活下來。
「……希爾瓦莉爾小姐。」
「有什麼事嗎？」
「我會擇日鄭重向佩爾基烏斯大人致謝。」
「好的，我明白了。」
她的回答像是在說這是應該的。

設有魔法陣的房間，七星已在那邊等著。
七星在已經啟動的魔法陣旁邊站著不動。話說回來，我記得好像什麼都沒有告訴她。想必她是在哪聽到消息，特地來幫我們送行的吧。
「札諾巴……我聽說你要回去了……」
七星雖然已經得知事情的來龍去脈，但似乎不知道該說什麼才好。她把雙手在身體前面交握，看起來很是尷尬。
看到這樣的她，札諾巴緩緩地走了過去。
「是的，七星小姐。本王子要先一步回到故鄉。」
「……」
七星的表情十分複雜。

是一種既羨慕，卻又悲傷的表情。

「想必總有一天，七星小姐也會迎接回歸故鄉的那一天吧。」

札諾巴沒有察覺氣氛，這樣說道。

對於想回去卻回不去的七星而言，或許是刺耳的一句話。

「若是那樣……就好了。」

「只要七星小姐不放棄，總有一天能回去的。只要故鄉還沒有消失。」

札諾巴這樣說完，然後把手繞到七星的背後，溫柔地拍了一下。

「就算本王子身在遠方，也會祈求七星小姐能回到故鄉。」

他擁抱了七星，以在現代日本就算被當成性騷擾也不為過的方式。

然而七星並沒有抗拒，儘管感到有些不知所措，卻依舊把手繞到札諾巴背後。

在她的眼角流出了閃著亮光的液體。

「那個，感謝你，一直以來的，照顧，札諾巴，殿下……」

「不需要如此見外。對本王子來說，和七星小姐以及克里夫共同埋首於研究的每一天，同樣也是無可取代的回憶。妳毋須道謝。反而是本王子才想向妳道謝。」

話說起來，札諾巴和克里夫之所以會變得更加要好，也是以七星那件事為契機吧。

因為他們一起幫忙七星進行研究，才讓感情變得更加深厚。

真懷念啊。

「要道謝的人，是我才對……因為要是沒有札諾巴殿下，我的研究，肯定沒辦法到達現在的階段。」

「嗯，而且要是沒有七星小姐，本王子就不會結識佩爾基烏斯大人，也無法像這樣以飛快的速度回到故鄉。所以是彼此彼此啊！哈哈哈！」

札諾巴一邊笑著，同時放開了七星。

「那麼，七星小姐。雖然已經不會再見面了……請保重。」

「好……」

七星以不安的表情看著我。

她的表情就像是在表示「這傢伙，雖然講得好像要永別似的，但只要有轉移魔法陣，應該隨時都能回來吧？」。

當然，這絕對不會變成最後的離別。札諾巴只是回老家一趟罷了。

因此，我用力地點了點頭。

「那麼師傅，我們出發吧。」

順著札諾巴這句話，我們走進了魔法陣。

魔法陣的另一頭是遺跡。

是和以往類似的轉移遺跡。這座遺跡在西隆王國的邊緣，位於東邊盡頭的森林裡。以距離來說，移動到首都約莫需要五天左右。

「呼……」

解除了說話禁令的洛琪希，放心地吐了口氣。

然後，一臉不可思議地低頭看著自己剛才所用的魔法陣。

「轉移魔法陣這種東西，不管體驗幾次都讓人興味盎然呢……」

「我倒是已經習慣了。」

「說不定只要記住魔法陣的形式，就連我也能畫得出來喔。」

「……記得起來嗎？」

我反射性地這樣詢問後，洛琪希搖頭否定。

「不。佩爾基烏斯大人之所以不希望讓魔族進入城堡，肯定有一部分的用意是因為拉普拉斯復活的時候，如果有魔族能夠運用轉移魔法陣的話會很麻煩。要是我記住的話，肯定會被他殺死的。」

原來他有這樣的考量啊？雖說那不是主要原因，但或許有一部分是因為這樣。

只不過拉普拉斯本人好像知道轉移魔法陣，感覺沒有太大意義。

「閒聊到此為止，我們快出發吧。首先得回收行李才行。」

由於札諾巴這句話，我們離開了遺跡，移動到森林外面的小屋，在那裡回收了事先備妥的行李。

就這樣，我們朝向王都出發。

★★★

抵達西隆王國王都拉塔基亞的時候，已經接近日落時分。

札諾巴在通過城門的時候，露出了感慨萬千的表情。

我也是一樣，已經好久沒有來到這個城鎮了。

眼前的景緻與我的記憶沒有太大的改變。鎮上有許多為了探索迷宮而來到此處的冒險者，這點也和記憶中如出一轍。

但是，該怎麼說呢。該說是和以前來的時候相比，氣氛明顯變凝重了嗎？還是路面變髒了呢……而且增加的與其說是冒險者，給人的氛圍感覺更像無賴。

「唔，一段時間沒回到這裡，看來傭兵增加了不少啊。想必是因為戰爭的氣息濃厚的緣故吧。」

札諾巴以帶有些許愉悅的聲音這樣說道。

聽到戰爭逼近，為什麼會發出這麼開心的聲音啊？

看起來也不太像是強顏歡笑。

「你看起來挺開心的嘛。」

「師傅。無論理由為何，戰爭總是令人感到雀躍。」

「是嗎？」

「那是當然。只要身為男人，無論是誰都會如此認為吧。」

我不太理解這種感覺。應該就和看到機器人會教人雀躍不已是一樣的概念吧。

總之，我們來到了金潔事先幫我們準備好的旅社。

我們會在這裡過夜，明天再盛裝打扮，去報告歸還的消息並晉見國王。

由於我們沒有通過國境，應該會讓人感到有些疑惑，但我已經想好藉口。

要是沒被問到的話，就當作沒這回事即可。

「那麼札諾巴大人，為了以防萬一，我打算潛伏在鎮上蒐集情報。」

金潔這樣說完，便打算離開旅社。

但是札諾巴卻挽留了她。

「嗯？金潔啊，妳是騎士。照理來說應該得先和本王子一同回城，向陛下報告歸來的消息才是吧？」

「……不，我雖然是騎士，但同時也是札諾巴大人的禁衛隊。而且，我總覺得鎮上瀰漫著一股火藥味。」

「是嗎，那妳就去吧。」

「是！」

金潔畢恭畢敬地答覆札諾巴，並朝我使了個眼色。應該是在表示「札諾巴大人就拜託你了」吧。我也以點頭回應她。

好啦，接下來才是重頭戲。

晉見帕庫斯的人員，是我和札諾巴兩個人。

到時候，多少可以了解人神在盤算什麼吧。或者說，也有可能當場與「死神」一戰。要是演變成那種狀況，我就帶札諾巴逃出城外。一邊讓在外頭待命的洛琪希掩護我們，一邊撤退到城鎮外面。再來就看要裝備魔導鎧與「死神」一戰，或者是就這樣直接撤退。

如果要遵照奧爾斯帝德的建議戰鬥，就要從遠距離進行攻擊。

就算是幻惑劍，只要能裝備魔導鎧拉開距離戰鬥，似乎就能讓他幾乎沒有反擊的餘地。

要是沒有演變成戰鬥，札諾巴恐怕會直接被帶上戰場吧。

目前不清楚和北國的戰爭會演變成什麼樣的狀況。

除此之外，也必須要說服札諾巴。我到底該怎麼做才能把札諾巴帶回去？

該說什麼才能夠說服札諾巴？

要是帕庫斯擺明想要札諾巴的命，札諾巴是不是也會改變想法呢……

算了，那種事就等晉見結束後再來思考吧。

說實話，我不太想在擺明有陷阱的場所大搖大擺地現身。

從遠距離把帕庫斯連同城堡一起轟飛肯定比較輕鬆。

當然，我很明白這種事不可行。畢竟奧爾斯帝德叮嚀過我不得這麼做，而且就算他沒有禁止，札諾巴也不會允許我動手。儘管城堡稱不上是一個國家的象徵，但要是城堡突然遭到消滅，國家將會紛亂無序。北方敵軍勢必也會趁虛而入。

不能採取最簡單的方法，前景讓人感到不安。讓人不禁嘆氣。

總之，先撐過這次晉見再說吧。這樣一來，肯定能找到什麼突破現況的方法。

「魯迪。」

我思考到這邊，肩膀被拍了一下。轉頭望去，洛琪希就站在眼前。

「你是不是有點太緊張了？」

「是這樣嗎？」

「是的。你再稍微放鬆一點吧。儘管我們沒有大意的本錢，但是把自己繃得太緊，說不定反而無法在緊要關頭靈活行動。」

洛琪希一邊如此說道，一邊幫我揉著肩膀。

她的手雖然嬌小卻十分有力。我就這樣坐著，感受著那雙手的觸感好一陣子。

沒錯。凡事都要圓滑地處理。總之先決定好方向，再來就是臨機應變。

最糟的狀況，只要札諾巴與洛琪希兩個人能活下來，對我來說就足夠了。

可能的話，希望再加上我和金潔，四個人都能活下來。

就把這設定為最低的底線吧。

這種程度的話應該能辦到。

「謝謝。多虧妳，肩膀沒那麼僵硬了。」

我這樣說著，並再度回頭。洛琪希則是一如往常，眼神惺忪。

可是，看起來卻比平常更加溫柔。

「不會，如果是平常的魯迪，如果真的有放輕鬆，應該會說更加莫名其妙的話。」

「……舉例來說？」

「比方說呢，像是『洛琪希，這次可以幫我從前面按摩嗎？要按摩這裡喔』之類的話，然後脫下褲子……」

「那……那是只有在家裡的時候啦……」

「說得也是。因為魯迪在家的時候很色。」

洛琪希一邊這樣說道，一邊戳了戳我的臉頰。

簡直就像是被責備一樣。不過，色有什麼不好嗎？要是在晚上和那樣的對象在那樣的情況下，不管是誰都會說這樣的話吧？應該不是只有我會這樣而已。

「好啦，我是開玩笑的。這樣一來就放輕鬆了吧。」

「……啊，是。沒錯。」

確實，肩膀放鬆了。

不過，卻保有了適度的緊張感。在放鬆的同時，又維持著集中力。

這種感覺恰到好處。

「我因為要準備明天的晉見會早點休息。謝謝妳。」

「好的，晚安，魯迪。」

加油吧。腦裡只想著這個念頭，我躺到床上。

第四話「帕庫斯王」

我們從正面直接進入了王城。

守衛的士兵原本看到札諾巴的臉還露出了疑惑的神情。畢竟他沒想過札諾巴會來，也沒有事前聯絡。應該是覺得他就算會來也是搭馬車才對吧。然而他竟然是徒步來到這裡，也沒看到唯一的禁衛隊金潔的身影。雖然整個狀況看起來不免讓人起疑，但經過一番詢問之後判明是札諾巴本人，這才立刻端正姿勢開啟了大門。

從他們的動作來看，便不難理解在這個國家的王族是多麼優越的特權階級。光是有王族的身分就會受到如此禮遇。不對，有部分是因為剛進行完血之肅清不久，才會變得比較敏感吧。

不管怎麼樣，我們提出晉見國王的許可，並移動到等候室。

在那裡等了大約一個小時。

後來很乾脆地就取得了晉見的許可，獲准前往晉見之間。

西隆王國王城，晉見之間。

在那裡有五名人物。

坐在王位上的那個人，我記得很清楚。至少他的外表看起來沒有多大變化。低矮的身高，高傲的態度。他幾乎沒什麼改變，一副了不起的態度坐在王位上。

帕庫斯·西隆。

仔細一看，發現和記憶中相比稍稍成熟了一點，表情看起來也給人一股精悍的氛圍，但基本上並沒有改變。

在他身旁緊鄰而坐的是一名美麗的少女。外表看起來大約是國中生，身穿白色禮服，有著略顯毛躁的水色頭髮。和米格路德族非常相像，但和洛琪希的髮色有些許不同。應該是其他種族。

她有著一雙空洞的眼神。從頭上戴著王冠這點來看，大概是王妃吧。

帕庫斯把手繞到她的背後坐在王位上。乍看之下雖然只是把手放在後面……但是我看得出來，那是在摸屁股。難道他自以為不會被發現嗎？

算了，那種像性奴隸一樣的人無關緊要。

吸引我目光的，是站在和少女相反方向的一名男子。

年紀大約在四十五歲左右。體格相當結實，儘管腰間繫著佩劍，但防具卻是輕便裝備。看起來絕對不強，而且也沒有釋放出危險的氣場。就算在路上遇到，我肯定也會毫無戒備地擦身而過。

但是，他的顴骨外凸，有著一張憔悴且陰沉的相貌。用眼罩遮著的右眼，毫無生氣凹陷的左眼，猶如殭屍般消瘦的臉頰。給人的印象就像是會出現在老電影裡面的海賊船船長。

要以一句話來形容，就是「長相猶如骸骨的男人」。

確定了。這傢伙就是「死神」藍道夫．馬利安。

站在他們兩旁的，是打扮更有騎士風格的兩名男子。這兩個傢伙想必就是事前從情報中指出的王龍王國的騎士。

「陛下。札諾巴．西隆呼應您的召集，從魔法都市夏利亞趕回此處。」

札諾巴一踏入晉見之間，便立刻跪下這樣說道。

他對稱呼帕庫斯為陛下，向其低頭一事似乎沒有任何抗拒。

我雖然也效法他的動作，但長袍底下的加特林機槍已經瞄準了藍道夫。

帕庫斯俯視著單膝跪地的札諾巴，把手從少女的屁股上挪開。

然後他舔了舔那隻手，開口說道。

「……你回來得倒是挺快的嘛。」

「既然事態緊急，本王子當然火速趕回。」

「哦，本王還以為你肯定潛伏在國內的某個地方呢。畢竟，本王沒有接獲你穿越國境的報告。」

自從我們收到信之後算起，大約只花一個月就抵達了西隆王國。

正常來說是要花上一年移動的距離。這種速度會遭到懷疑也是情有可原。

「由於我等在旅途中也曾遭到敵國襲擊，因此才會隱藏身分移動。」

「連進入國內之後也是？」

「正是因為進入了國內。」

「原來如此啊。」

帕庫斯狠狠哼了一聲。

看樣子，他並不打算追問我們比預期還早抵達王都的理由。

帕庫絲重新在椅子上坐好，然後用手指著我這邊。

「那麼，那傢伙呢？」

「陛下也認識這個人，他是魯迪烏斯・格雷拉特大人。」

「本王不是在問你名字。」

「那麼，是指什麼？」

「本王問的是他為什麼會在這裡。」

「一旦引發戰爭，最好有強力的魔術師站在我方，因此本王子便帶他回來了。」

我們事前已經商量過要用這套說詞。

在這個世界，魔術師在戰爭中擔任著非常重要的職責。

就算是中級、上級魔術師，在陣地構築上也能起到非常良好的作用，用來對付大群敵人的範圍魔術也相當有效。儘管一對一、正面單挑的話是劍士較為有利，但是在多對多，每一個人的重要度相對愈低的話，魔術師就顯得愈為重要。

若是對象為聖級、王級魔術師，戰爭中的國家可是會由國王親自以三顧茅廬之禮招攬。

但是，帕庫斯卻哼笑一聲。

他一邊讓我們看到嘲諷的笑容，同時交互看著我和札諾巴。

「哦，這樣啊。本王還以為，是為了要殺了本王而準備的部下呢。」

帕庫斯話語剛落，除了死神之外，站在兩旁待命的兩人都散發出了殺氣。

他們是從王龍王國帶來的騎士。我記得應該有十個人吧。

在場包括死神共有三人，也就是說還有七個人。他們會在哪裡？老實說看起來不太強啊。

「怎麼會，本王子絲毫沒有對陛下不忠的意思。」

「哦，所以你允許本王篡位嗎？」

「是的。畢竟，本王子原本就沒有向前王宣示過忠誠。」

「不過，你也並非想對本王宣示忠誠。」

「…………」

札諾巴沒有回答，帕庫斯似乎看到他的態度，沒好氣地哼了一聲。

札諾巴的態度就算被視為想造反也不為過，但帕庫斯似乎並不在意。

「算了。兄長大人……不對，札諾巴啊。無論你葫蘆裡面賣什麼藥，本王都無所謂。」

帕庫斯這樣說完，便用下巴指了指站在身後的騎士。

「看吧，他們是從王龍王國帶來的，本王的騎士。」

聽到帕庫斯這句話，騎士們紛紛低頭。只不過死神打了個呵欠。

「尤其是這個男人，他可厲害了。是七大列強第五位。『死神』藍道夫・馬利安。」

聽到這樣的介紹後，死神身子一顫，閉起了嘴巴。

接著他露出一臉尷尬的表情往前踏出一步，清了清嗓子。

「承蒙陛下方才介紹。我叫藍道夫・馬利安。出生於王龍王國，在魔大陸長大。種族是雜種。為人族、長耳族（精靈）以及不死魔族，加上其他幾個種族的混血。職業是騎士。隸屬於王龍王國大將軍夏加爾・加爾岡帝斯麾下，王龍王國黑龍騎士團。主要的工作是殺人。什麼人都殺。雖然沒有流派，但對北神流與水神流略懂一二。由於坊間稱呼我為『死神』，世人總誤以為我是嗜血的殺人狂，但絕無此事。我的興趣是做菜，是個心地善良的男人。今後還請多多指教。」

當他流利地一鼓作氣說完後，咧嘴擺出虛偽的笑容，然後便退到後方。

他的態度沒有絲毫幹勁。

「雖然他平常是這副德性，但很強喔。畢竟他可是把兄長大人們的禁衛隊瞬間全滅，讓本王取得王位的大功臣呢。」

幾乎是由他一個人解決的嗎？真不愧是七大列強。雖然聽說他功力退步了，但是看樣子也沒弱到哪去。

「如何，札諾巴？要讓他和你帶來的那傢伙，試試看誰比較厲害嗎？」

……是這樣的劇本啊。

在這裡讓我和死神對上，藉此殺了我……

以陷阱來說，看不出有經過縝密規劃，不過畢竟人神不擅長計劃策略，這也很正常。

「還請陛下別開玩笑。在即將要與北方開戰的這個時候，本王子認為不該將部下消耗在這種地方……」

我瞥了一眼，發現札諾巴的太陽穴正冒著冷汗。

這傢伙，難不成是在試圖保護我嗎？

至於帕庫斯，則是一臉愉悅地俯視著札諾巴難堪的模樣。看來他因為自己的言行使得對手一臉驚慌失措，慌忙地閃避問題而感到樂此不疲。話說起來，以前被這傢伙抓住的時候也是這種感覺呢。當他位於優勢的時候就會顯得生龍活虎。

而在看到對方的表情而滿足之後，會以「開玩笑的」來帶過。

不過，既然帕庫斯和人神私底下勾結，應該會想盡辦法逼我和死神戰鬥才對。

這次我很明白免不了一戰，因此早已做好萬全的心理準備。

話雖如此，如果真的要打，可以的話我還是希望先回去穿上魔導鎧再來過。一旦開打的話，第一招先放煙幕。然後抱著札諾巴逃出城堡，裝備上魔導鎧後再回來。這應該是最佳對策。

當我腦中正在如此盤算，帕庫斯忽然解除緊張的情緒。

「哼，開玩笑的。別當真啊。」

他很乾脆地收回那句話。

奇怪？不打嗎？藍道夫打從一開始就似乎毫無幹勁，又在打著呵欠。他打的呵欠多到像是會說：「我只睡兩個小時啊～」的那種人。

他看起來打從心底覺得沒意思。

「魯迪烏斯．格雷拉特的傳言，本王也有所耳聞。雖說有甲龍王佩爾基烏斯從旁協助，但聽說他甚至還打倒了水神列姐和北神三劍士不是嗎？藍道夫是王龍的陛下託付給本王的貴重財產。雖然本王不認為他會輸，但要是因此受了重傷，本王可就沒臉去見陛下了。」

帕庫斯無奈地聳了聳肩。

然後重新坐回椅子上，再次睥睨著札諾巴。

「不過話又說回來，兄長大人。你似乎對本王相當防範啊。」

「那是因為，之前本王子與陛下是不歡而散。」

「確實是這樣……但是，本王並沒有與兄長大人爭吵的打算。」

帕庫斯這樣說著，同時翹起腿用手撐著臉。擺出高高在上的姿勢。

「所以，要原諒你也是無妨。」

「感謝陛下的寬宏大量。」

「免禮。」

帕庫斯看到低頭的札諾巴後笑了出來。那是游刃有餘的笑容。是確信自己獲勝之人的笑容。

要是一戰的話也會贏，但我選擇饒你一命，就是那種居高臨下的笑容。

「要感謝你的，反而是本王才對。」

「？」

「畢竟多虧了那次事件，本王才得以改頭換面。」

改頭換面？帕庫斯外表看起來沒什麼改變，仍然是又矮又胖。

不對，仔細一看，身上的脂肪減少了許多。雖然從遠處觀看而且又是坐姿比較難看清楚，但是腹部和下巴的曲線變得很明顯。雖然脖子很粗，但如果真要分類，是肌肉的那種壯。想必他整體的肌肉也增加了吧。那已經不算胖子了。

……不對，他說的改變，指的是內在吧。

「本王被作為人質送往王龍王國那時，確實流下了委屈的淚水。對兄長大人以及……魯迪烏斯．格雷拉特，對你們懷恨在心，過著慘澹的每一天。」

「……」

「但是，本王改變了。」

帕庫斯瞥了坐在自己身旁的少女一眼。少女察覺到這股視線後也回望了帕庫斯。

在他們四目相接的視線之中，可以感覺到一股類似信賴的東西。

「來稍微聊聊以前的事吧。」

「……」

「那是……對，在被送去王龍王國一段時間，卻依舊沒有任何人理會，獨自一人沉淪的時候。本王遇見了一名少女。」

沒有等我們回應，帕庫斯自顧自地說起了以前的事。

算了，也沒有理由不聽。搞不好他會滔滔不絕地講出人神的事。

「那名少女，總是獨自一人待在庭院。一個人在庭院裡，什麼都不做，只是很寂寞地待在那。沒有向任何人搭話，也沒有任何人會找她說話。就算好奇她在做什麼而去詢問，她也只會回應沒有特別在做什麼。」

帕庫斯當時似乎莫名在意那名少女。

據說，他幾乎每天都會來到庭園，向那名少女搭話。

少女的話雖然不多，但依舊會回應帕庫斯。由於她對外界一無所知，所以總是很開心地、快樂地聆聽帕庫斯說的話。帕庫斯對此感到開心，會找各式各樣的話題和她交談。

「然而，某一天，本王聽到了傳聞。說是……西隆的廢物，正在接近王龍王國的廢物。」

兩個都是廢物，這可登對了。只不過他們交配的話，也只會生出廢物啊。

喔喔，這可不得了啊。到時這王宮會充滿一堆廢物。

像這樣的傳聞。

「本王呢，當時真想把散播這種傳聞的那群傢伙抓起來，砍下他們的腦袋。」

要是說這種話的傢伙是在西隆王國，就算只是在荒郊野外的酒館裝瘋賣傻也不會被原諒。

可是，他無法這麼做。

「因為在王龍王國，本王沒有任何力量。」

他說自己非常悔恨。想要給那些傢伙顏色瞧瞧。

不過，帕庫斯能做的，就只有鑽進被窩，流下悔恨的眼淚浸濕自己的枕頭。只能在哭累之後，把那些傢伙當成笨蛋而已……

——但他沒有這麼做。

從那天開始，帕庫斯一改生活態度，變得禁慾，而且勤勉向上。

「為什麼會這麼做，其實本王自己也不是很清楚。只不過，本王的腦袋原本就並非特別愚鈍。說不定只是想證明自己並不是廢物吧。」

在不同的環境，和不同的人相遇，激發不同的情感，採取不同的行動。

這就是所謂的豁然開朗吧。

我懂。我剛來到這個世界的時候也是如此。
總之，帕庫斯後來相當勤奮，積極地鑽研魔術以及學問。儘管劍術與運動方面因為身體條件不利而沒有那麼努力，但是從體格來看，自然可以明白他並沒有偷安怠惰。
然後就在距今一年半前。王龍王國舉辦了一場學問大賽——就像是模擬考那種活動，帕庫斯拿下了優秀的成績。
這時，王龍王國的國王注意到他了。
國王說：「被送往他國的你明明立場和人質無異，但依舊不放棄自己的未來，這股態度確實教人讚賞。就送你一些獎勵吧。」評價了帕庫斯的態度。簡單來說，就是很賞識他。
帕庫斯被傳喚到晉見之間，聽到了國王這番詢問。
給你獎賞吧，金錢也好，地位也好。
要不然，就算是要捨棄西隆王國，流亡成為我國的一員也無妨。
據說，帕庫斯對如此大方提案的國王，自然而然地這麼說了。
「請將第十八公主殿下賜給我。」
第十八公主班妮狄克特・金格杜拉岡。
母親是來歷不明的魔族女性。國王因一時興起召來寵幸，因一時興起生下的孩子。
她沒有王位繼承權，儘管有著第十八公主這個頭銜，卻不被承認為王族的孩子。是個感情起伏平淡，被稱為廢物的公主。然而，帕庫斯卻說想將那樣的公主迎娶為妻。王龍王國的國王在猶豫了片刻之後，便接受了帕庫斯的要求。

「如果是其他女兒倒另當別論，但既然是班妮狄克特，就算賜給你，本王也不會覺得可惜。話雖如此，即使只是個頭銜，班妮狄克特也是公主。你必須得到相稱的地位才行。」

丟下這番話的王龍王國國王，決定暫時將帕庫斯送還西隆王國。

讓帕庫斯回到西隆，等他在西隆擔任要職之後，再把公主許配給他。

為了保住面子，國王要求送出其他王子來擔任人質。

但是，這個提案卻被西隆方面委婉地拒絕了。

畢竟帕庫斯在西隆王國老是製造問題，因此西隆國王想必是打算讓他到死為止都待在王龍王國。

或許有一部分，也是因為捨不得將其他王子作為人質送出去吧。

但此舉引來王龍王國的國王勃然大怒。

區區附屬國的西隆竟然不老實聽令，這件事似乎觸碰了國王的逆鱗。

於是國王將王龍王國最強的騎士「死神」藍道夫，以及對帕庫斯不抱有厭惡情感的九名騎士交給了他，進而發動了政變。

藉此殺害了所有的西隆王族，將染血的王位賜給了帕庫斯。

「……就這樣，本王得到了一切。地位、名譽、心愛的女人，以及最強的手下。」

帕庫斯這樣說著，並摟住了坐在身旁的少女肩膀，將目光望向站在一旁的死神。

面無表情的少女雙頰泛紅，死神則是聳了聳肩。

從對話的內容來看，那名少女就是班妮狄克特吧。

奇怪？可是，剛才那段話沒有出現人神啊。難道帕庫斯並不是收到神諭之類才行動的嗎？

突然轉念的那部分倒是有點可疑……

從他剛才所說的聽來，可疑的反而是王龍王國的國王。突然就說要給帕庫斯獎賞，冷不防就腦羞採取莫名其妙的舉動……頗像收到了人神的建議。

不對，使徒並不一定只是其中一個。

帕庫斯和王龍王國的國王都有這個可能。

「就是這樣，所以本王已沒有憎恨你們的理由。」

「原來如此，實在令人欽佩。真不愧是陛下！」

札諾巴猶如銘感五內般誇張地低頭，然後提問。

「不過，既然陛下已經獲得了最強的手下，又是為何傳喚本王子回國呢？」

「哈，那件事啊。」

帕庫斯嗤之以鼻。

不過話又說回來，他和札諾巴本王來本王子去的，聽得我好亂啊。

「確實，只要交給藍道夫，想必北方的侵略也能設法化解吧。但是，儘管本王剛才說是手下，但藍道夫終究只是客卿。總有一天必須還給王龍的陛下。要是把借來的東西誤認為自己的實力拿來保衛國土，說不定也會讓好不容易認同本王的陛下感到失望。」

帕庫斯的能力受到認可，所以才得以成為西隆王國的國王。

因此他必須要不斷展現出自己的能力。

「像本王這樣的人，必須要隨時表現自己的用處才行。對吧？」

我明白他想說什麼。我也總是想把自己有用的一面表現給奧爾斯帝德。

「好啦，就是這麼一回事，兄長大人……不，札諾巴啊。你或許以為本王是為了復仇才將你傳喚回國，但本王並沒有這個打算。和信中所寫的一樣。我國的戰力由於政變影響而下滑，而北方正準備趁機侵略我國。此時此刻，需要的是像你這樣的武人。希望你能將過去的事情付諸流水，把力量借給本王。」

帕庫斯這樣說著，像是把下巴收起來般地低下頭。或許稱不上低頭，但確實有低下來。之所以不稱兄長大人而是以札諾巴稱呼，想必是他身為國王的覺悟吧。

「那是當然，陛下。本王子正是為此而活下來的。」

札諾巴點頭。

他的神情沒有一絲迷惘。或許是因為沒有迷惘，反而讓帕庫斯感到疑惑。因此，帕庫斯挑起單邊眉毛，並向札諾巴詢問：

「可是兄長大人……本王明白自己是個篡位者。關於這件事，難道你沒有什麼話想說嗎？」

他應該是想先確認札諾巴是否有謀反的意圖吧。

因為他殺光了所有親兄弟。就算自己已經釋懷，但也不能保證札諾巴對他沒有恨意。就算札諾巴是為了復仇才回到這裡，也沒什麼好不可思議。

「……」

札諾巴聽到這句話後抬起頭，猶豫了一瞬間，又立刻低下頭。

看到不知該如何開口的札諾巴後，帕庫斯抬起下巴，以傲視的角度說道：

「不用顧慮，儘管說吧。」

根據他的回答，應該就會決定我是否會和死神一戰。

儘管死神以毫無幹勁的表情杵在原地，但到了關鍵時刻，勢必會以驚人的速度採取行動。到時就用擾亂視線的魔術牽制，同時破壞牆壁逃走吧。

當我嚴陣以待時，札諾巴開口了。

「無論國王是誰，如何執政，本王子依然會為了守護西隆這個國家而活，這點始終如一。」

晉見室中瀰漫著一股沉默。

儘管這不算回答問題，但我也可以明白這番話的含意是「本王子沒有謀反的意圖，會服從你」。

帕庫斯面有難色。想必是在煩惱該將札諾巴區分為敵人還是自己人。

「哼，算了，怎樣都無所謂。」

但是，他最後像是放棄了一樣喃喃自語。

然後，猶如下定決心似的大聲喊道：

「札諾巴．西隆。本王命令你守護卡隆堡壘。當地已布署了兵力。你就作為指揮官前去，阻擋來自北方的軍隊吧！」

「遵命！」

札諾巴以畢恭畢敬的態度再次垂下頭，晉見也到此結束。

我則是抱著期待落空的心情退出了晉見之間。

★★★

後來，我們被分配了西隆王宮的其中一室。札諾巴的私人房間似乎已經不在，所以是二樓的客房。

有一名自稱護衛，看似王龍王國騎士的人站在房外，恐怕是來監視的吧。

畢竟帕庫斯還警戒著札諾巴。

隔天我們就要前往北方的卡隆堡壘。雖然想先將事情經過告訴洛琪希，但是有監視的眼線。最好還是別做出什麼可疑的舉動，等會合之後再說明好了。

我和札諾巴一起進入房間，總算得以歇息。

札諾巴明明是王族，卻得和我擠在同一間房間。應該是判斷個別分配房間的話，要是我們分開行動會很傷腦筋吧。

我和札諾巴在沙發上面對面坐著。

「實在令人意外，那個帕庫斯竟然成為了了不起的國王。」

先開口的人是札諾巴。他的語氣一如往常，看起來甚至有些開心。

「是嗎？」

「因為他為了以西隆王國之人的身分，親手守護國家，不惜向過去憎恨的對象低頭。如果這不算了不起，那要怎麼形容呢？」

嗯，確實是很了不起。

雖然所謂的低頭，也不過是稍微動了下脖子罷了。

「雖然師傅之前非常擔心，但人是會改變，而且也會犯錯的生物。」

「是啊。」

「帕庫斯的做法確實粗暴，更是錯誤之舉，但本王子可以感覺到他確實為此豁出了一切心力。」

和我記憶中的帕庫斯相較之下，確實是長進了不少。

可以說他的確是竭盡心力。但假設真的只有這樣，我也用不著那麼煩惱。

「不過，說不定在背後有邪惡的神正在操縱他喔。」

「唔嗯，是指師傅正在戰鬥的邪神嗎？」

我以開玩笑的口吻試著說了一下，札諾巴便對這個話題起了明顯的反應。

「咦？我之前有說過嗎？」

「以前，和克里夫一起用餐的時候。」

喔喔，就是向克里夫全盤托出的那個時候嗎？不過，我記得札諾巴當時好像也沒有相信這件事。

「當時，本王子還以為師傅是在騙人的呢。」

「……」

「不過，看到克里夫的魔道具緩和了奧爾斯帝德的詛咒之後，愚昧如我，也能明白師傅與奧爾斯帝德，以及那位邪神之間的關係。」

這樣啊。

原來他懂了。那麼應該把話說清楚比較好吧？畢竟都到了這個地步，札諾巴也無法置身事外。

「那我就說吧。」

「是，師傅。」

我重新把人神的事情告訴了札諾巴。

把目前為止的事粗略地說了一遍。然後，也把這次的事簡單講了一下，包括帕庫斯有可能遭到人神操控這件事。

「嗯……可是關於人神這個單字，帕庫斯從來沒有一次提及。他們會不會沒有關聯？」

「他可是欺騙了我的神。就算在背地裡動了手腳讓我們看不出來也沒什麼好奇怪。」

就算使徒不是帕庫斯，也有可能是死神，或者是班妮狄克特。

目前讓我懷疑的是王龍王國的國王。

但是，使徒並非只有一人。考慮到人神行動的傾向，西隆王國方面應該起碼也安插了一個人。

「被騙……本王子記得師傅是遭到人神欺騙，所以才被迫與奧爾斯帝德一戰。」

「沒錯。」

「既然如此，帕庫斯也有可能遭到人神欺騙，被迫與師傅一戰，是嗎？」

札諾巴把手抵在下巴，擺出了沉思的姿勢。

然後，喃喃說了一句。

「既然如此，本王子就必須保護帕庫斯才行了呢。」

咦……？

「……這句話，是代表你在緊要關頭，會與我敵對嗎？」

「啊？不是不是，怎麼會。本王子當然不可能與師傅為敵。更何況，師傅說過不可以殺死帕庫斯吧？」

「可是，你剛才……」

「所謂的保護，是指『從人神手中』的意思。」

就是說嘛。嚇我一跳。我還以為真的要開打的時候，札諾巴會倒戈到敵方陣營呢。

要是那樣的話可就束手無策了。

不過，想不到他居然會冷不防說出「保護」這個詞。

「我還以為帕庫斯對你來說，只是可有可無的存在。」

我不假思索地如此說道，札諾巴露出了愣住的表情。

接著他再次把手抵在下巴，重新擺出了沉思的姿勢。

「確實，一直以來是那樣沒錯。畢竟彼此也沒什麼交集。」

他露出了眉頭深鎖的表情，嘴裡唸唸有詞。

「……說不定，是因為本王子還是第一次，被帕庫斯像那樣拜託呢！」

札諾巴說完後快活地笑了。

與其說是拜託，感覺更像是被利用，更何況札諾巴本身也不是被拜託之後就會鼓起幹勁的類型……

算了，恐怕是因為「守護國家」的這個意志，與守護身為國王的帕庫斯這個行動非常相像吧。

不過，我實在看不出人神有什麼企圖。

不僅無法看出誰才是使徒，用來殺我的陷阱也沒有絲毫動靜。感覺就像是看漏了什麼，或是沒注意到什麼一樣。要是所謂的陷阱只是奧爾斯帝德杞人憂天，自然是再好不過，但還是別太樂觀看待比較好。

陷阱存在於某個地方，而我目前還沒有察覺到。

要發現原本沒有注意到的地方極其困難，就算一直煩惱這點也無濟於事，但還是會令人感到不安。

另外，似乎也很難說服札諾巴。

以帕庫斯目前的態度來看，他是接納札諾巴的，並沒有打算殺了他。

假如他要求札諾巴擔任國防重鎮留下，感覺札諾巴也會選擇留在這個國家。

如果帕庫斯並沒有打算殺死札諾巴，我自然沒有帶他回去的理由。既然不用擔心被殺，也只是留在故鄉就職而已嘛。雖說社長是帕庫斯這點讓人感覺會是個黑心企業，但既然是札諾巴所選的路，還是尊重他比較好。

不過，帕庫斯也有可能改變心意，燃起殺死札諾巴的念頭。

儘管這種說法以現在來說只是雞蛋裡挑骨頭，但確實留有這樣的可能性。

而且，要是等到帕庫斯動手就太遲了。

所以我必須在那之前，設法找到帕庫斯打算殺死札諾巴的證據才行。

基本上，就算他現在不打算要殺，要是之後礙事的話或許就會湧起殺意。

換句話說，目前沒有證據。
搞不好，我還得想辦法找出或許根本不存在的證據。
感覺會因壓力過大而禿頭啊……
反正我一個人想破頭也得不到答案，還是明天再找洛琪希商量吧。

第五話「卡隆堡壘」

晉見的隔天。我把出發的準備事宜交給札諾巴，自己先回到旅社與洛琪希會合。
洛琪希維持著全副武裝，在旅社的房間待命。
由於她一夜未眠，看起來相當無精打采，但一看到我的身影後便立刻起身衝了過來。
「沒事吧？因為你沒有聯絡，讓我好擔心……」
「是。什麼事都沒發生。」
由於她還沒吃早餐，所以我們一邊在旅社的一樓用餐，同時告訴她晉見的內容。
帕庫斯是人神使徒的可能性很低。
王龍王國的國王很可疑。
我把發生過的以及在意的事情，一五一十地告訴洛琪希。

「……嗯。」

洛琪希邊喝著濃湯邊聽著我說的話，看起來面有難色。

「老實說，我因為睡眠不足，腦袋有點轉不過來……」

「我想也是。」

她的眼角下方隱約浮出黑眼圈，整個人動作也很遲鈍。或許客觀來說會覺得只不過整晚沒睡不該如此疲累，但畢竟我們一直旅行到昨天為止，更何況還得維持戰鬥狀態。就算是熟練的冒險者也會疲憊不堪。

「沒有發生戰鬥。帕庫斯王子很理性。沒有出現人神的名字……光憑這些，什麼都無法判斷呢。」

就連洛琪希也看不出端倪嗎？

「既然沒有戰鬥的話，或許我應該也一起跟去才對。」

「為什麼呢？」

是因為光聽我的說明有不好理解的地方嗎？

「因為當場聽的話，說不定會知道些什麼。」

喔喔，那倒是有可能。

我在晉見時，只顧著注意人神的陷阱還有死神。當對話朝向自己預想之外的方向進行時，只是歪著頭感到百思不解。

那麼，說不定需要有個人從別的角度來思考。而那個人就是洛琪希。

算了，已經過去的事說再多也沒用。

「……不知道人神的陷阱到底在哪裡呢？」

「唔……會不會陷阱只是奧爾斯帝德多慮了，其實根本沒有任何關係呢？」

「就算真的是那樣，我們還是要做好最壞的打算來行動。畢竟要是輕視這件事，很有可能會牽連到我們的家人。」

畢竟菈菈會那麼哭喊也令人在意，說不定這件事和人神無關，但另有隱情。

「說得也是，我的發言太過草率了。」

洛琪希輕輕地低下頭。

「如果只是把人叫出來當場殺掉根本稱不上是陷阱，所以假設這是陷阱的話，應該還隱瞞著什麼。」

「隱瞞著什麼……比方說？」

「比方說，今天早上金潔小姐所帶來的情報。」

「哦？」

這代表金潔雖然沒有露臉，但她也在暗中行事。

「現在，北方的卡隆堡壘其實只聚集了五百名士兵。」

「五百……」

只聽到數字實在沒有個底。到底是多還是少啊？只聚集五百……以這種說法來看應該算少吧。

「相對的，敵方戰力據說約有五千。」

五千？這也太慘了吧。整整差了十倍不是嗎……根本毫無勝算吧？

「關於這件事你有聽說嗎？」

「…………沒有。」

至少我沒聽說過這件事。帕庫斯只交待我們過去而已。

「雖然我也是從金潔小姐那邊聽來的，不過帕庫斯王子想讓卡隆堡壘以最低限度的兵力設法撐過敵人的攻擊，再趁這段期間把傭兵聚集到位於後方的里空堡壘，給敵人迎頭痛擊。關於這個戰略你有聽說嗎？」

「……沒有。」

第一次聽說。

不過，這樣啊。要捨棄卡隆堡壘嗎……

表面上接納了札諾巴，但其實是把他當作棄子。在札諾巴獻上性命阻擋敵軍的這段期間，自己再親自整備好戰力。如果帕庫斯認為札諾巴很礙眼的話，確實堪稱一石二鳥之計。

「另外，這同時也是對付魯迪的陷阱。」

「妳的意思是？」

「雖然我也是第一次參與戰爭，但根據文獻記載，過去曾有一名聖級魔術師擋下了千名士兵。」

原來有那樣的紀錄啊。

一騎當千。考慮到聖級魔術的規模，確實是不難想像。

「我是王級，魯迪相當於帝級。只要我們兩人前往堡壘，應該能爭取到不少時間。」

嗯。既然數量高達五千人，要一口氣殲滅或許很難。要是沒頭沒腦地動員全軍突擊，倒是可以用魔術一次殲滅，但對方好歹也會蒐集情報。我軍擁有王級、帝級魔術師的消息八成會從某處洩漏出去。所以對方不可能會做出把士兵聚在一起，對著堡壘殺過去的魯莽舉動。

再不然，就算對方真的選擇突進，既然有五千人，想必其中也有相當數量的魔術師。

要是那群魔術師同時張開抵抗魔術，就算是聖級魔術也有可能遭到無效化。

不對，要是被無效化，只要再擊出一發就好。

「只不過魔力總量是有限的。況且我們也會累吧。」

雖然我不認為那種程度就會耗盡我的魔力總量，但不管怎麼樣，在戰鬥中總是會慢慢累積疲勞。更何況還得防範敵人夜襲，這樣一來就和魔力總量無關了。

「趁你疲憊不堪的時候派出『死神』，確實地將你……像這樣的可能性你怎麼看？不覺得很像陷阱嗎？」

「喔喔，的確。」

「然後──」

洛琪希把湯匙像指尖那樣豎起。是老師的動作。

「你說過使徒有三個人對吧。」

「是。」

「王龍王國的國王以有些趕鴨子上架的方式把帕庫斯推上王位。因此他毫無疑問是其中之一。但是在那個階段他還不清楚敵國是否會攻打過來對吧？如果是魯迪的話，會把使徒配置在哪裡呢？」

配置在哪裡……啊，敵國嗎！

西隆的立場類似王龍王國的附屬國，一旦攻打這裡勢必得承擔風險。哪怕是在國內也會出現反對聲浪，而使徒的任務就是排除萬難執行這件事。在攻打卡隆堡壘的國家，王族……不對，應該是將軍身分比較妥當。

「那個人會一邊接受人神的建議，同時設法讓我們疲憊不堪，再派出死神確實地……的確是這樣。」

多虧聽了洛琪希的推測，我也稍微理出了一點頭緒。

有兩個人很有可能是人神的使徒。一個是王龍王國的國王；另外一個，則是攻打卡隆堡壘的敵國中的達官顯要。

那麼，第三個人會是哪裡的誰呢？

在阿斯拉王國的時候……是路克。照這點推斷的話，札諾巴倒是顯得可疑。
不過從昨天對話的感覺來看，他不像是使徒。
那麼，會是金潔嗎？以阿斯拉王國那時的成員立場來看，死神也很可疑。
再不然，也有可能是在帕庫斯身旁的那個公主殿下。自從阿斯拉王國的戰役以來，人神還沒有動用過兩個人以上的部下。那麼，這次也有可能是兩個人，而最後的一個人正待在其他地方為下次行動做準備。
換句話說，第三個人也有可能不在場。充滿了各式各樣的可能性。
儘管第三個人目前無法判別，但另外兩人已經大致確定。
就是王龍王國的國王，以及敵國的將軍。
果然，洛琪希就是靠得住。
「假設卡隆堡壘是虎口的話，我們該怎麼應對呢？」
「這個嘛。我認為當前重要的是別讓對方稱心如意，所以……」
「最好別去卡隆堡壘對吧。」
但是，札諾巴卻已經滿心想去。
就算阻止他也會去。想必他就算一個人也會去。
不過，帕庫斯把札諾巴送往只有五百兵力的地方，這件事可以成為說服他的理由。帕庫斯打算殺死札諾巴……就算他沒有這麼偏激的想法，但應該覺得他死了也無所謂。因為帕庫斯想把札諾巴作為棄子。
當然，光憑這樣的理由無法阻止札諾巴。
札諾巴在出發時，曾說過「保衛國家是義務」。
那麼，在敵人即將攻打過來的狀況下就算說「我們回去」，想必他也不會點頭。
等等……反過來說，只要設法解決那五千名敵人，札諾巴就會心滿意足了嗎？
帕庫斯會趁卡隆堡壘擋住敵人時聚集兵力。換句話說，只要能守住卡隆堡壘，自然能讓國家安定。這麼做，不就等於守護了這個國家嗎？
「……我們去卡隆堡壘吧。這樣能幫上札諾巴。」
「明白了。」
「問題是關於陷阱那方面呢。」
我說完這句話後，洛琪希也面有難色。總而言之，就把「一式」帶去吧。
要是能從正面擊退敵人，自然是再好不過……
「嗯，抵達卡隆堡壘之前還有時間。從各個角度去思考方法吧。」
「是，老師。」
當我們的對話結束時，札諾巴搭的馬車也抵達了旅社。

★
★
★

札諾巴即使聽到五百這個數字，臉色也沒有絲毫改變。

反而還只是開心地點點頭說：「大概就是那種程度吧。」

一臉滿不在乎的態度。不禁會讓人覺得「這傢伙該不會根本不懂什麼叫戰力差距吧」。

「聽好了，札諾巴。兵法書上曾記載：『十則圍之，五則攻之，倍則戰之，敵則能分之，少則能逃之，不若則能避之。故小敵之堅，大敵之擒也。』換句話說，戰爭就是比數量啊札諾巴。（註：出自《機動戰士鋼彈》，德茲爾．薩比的台詞）數量愈多的一方愈有利喔。」

儘管我方能守在堡壘裡面，但戰力相差十倍，光是要守住也很困難。

我以拐彎抹角的方式說明之後，札諾巴愣了一下，歪了歪頭表示不解。

「數量愈多愈是有利，這點事情本王子還是明白的啊？」

「那麼，你為什麼還這麼樂觀啊？這可是十倍，十倍耶！」

「不不不，師傅，怎麼可能差到十倍之多吧。」

怎麼可能差到十倍……這傢伙，真的假的？連算數也不會嗎？西隆王族的教育有沒有問題啊？

「我們是五百，對手是五千耶？五百的十倍是五千。聽懂了嗎？」

「唔嗯……師傅是在測試本王子嗎？」

札諾巴哼笑一聲。那是嘲諷的笑容。唔唔唔，居然被札諾巴擺出這種表情！

「聽好了，師傅。」

然後，他開始滔滔不絕地說了起來。

「這種計算方式，並沒有將師傅與洛琪希小姐包含在內。因為依運用手段的不同，聖級魔術師可以和千名士兵匹敵。以這種方式思考的話，我方的戰力少說也有兩千五百。再考慮到師傅與洛琪希小姐兩人都具有王級以上的實力，應該可以視為三千以上吧。一般來說，攻城的一方起碼需要三倍的兵力，而卡隆堡壘又處於易守難攻的絕佳位置。因此，自然需要三倍以上的兵力。再把師傅的魔力總量，以及本王子是神子這件事納入考量的話……在戰力上甚至可以說是我方占優。」

「…………」

無話可說。得到了超乎預期的回答。這傢伙，該說是意外嗎？還是該怎麼說？

「你……你分析得很仔細呢，札諾巴同學。」

「因為本王子在年幼時期，就被灌輸了要成為這國家將校的必要知識。」

雖說是為了守護國家才讓他活下去，但也並不是放任他不管嗎？

這樣想想也對。

既然要放他上戰場大顯身手，還是讓他學會足以判斷狀況的知識比較妥當。

我太小看西隆王族的教育了。

「師傅似乎是初次上戰場……但請您放心。本王子從前上過幾次戰場。只要有師傅與洛琪希小姐在，絕不會輕易把堡壘拱手讓人。」

信心爆棚啊這傢伙。真的沒問題嗎？感覺好像不是沒問題。

是說，依現況來說，不去卡隆堡壘才是最好的方法。

稍微試著說服他看看吧。

「但是，至少帕庫斯是在不知道洛琪希存在的情況下，就決定把你配置到北方堡壘的對吧。」

「嗯，是這樣沒錯。」

「我的魔力總量多得驚人這件事，帕庫斯應該也不知道才對。」

「師傅，您到底想說什麼？」

雖然我還在鋪陳，但既然他這麼急的話我就說結論吧。

要打開天窗說亮話嘍。

「你啊，該不會是被當成棄子了吧？」

「…………」

札諾巴擺出了大吃一驚的表情。

不過他的表情本來就很浮誇，算了，這件事不重要。

「確實，帕庫斯或許已不再對你懷恨在心。不過，他應該覺得就算你死了也無所謂。」

「……嗯，或許是那樣呢。」

札諾巴輕輕地搔了搔臉頰，並等著我繼續說下去。

「我說你，應該沒有必要服從那傢伙的命令吧？」

札諾巴哼笑一聲。表情就像是在說「什麼嘛，竟然是指這種事啊」。

「一旦戰爭，自然會有不得不犧牲某人的時候。儘管一開始犧牲的是士兵，但偶爾王族也有必須一死的時候。」

「不過，那只是在幫帕庫斯擦屁股吧。因為他把其他王族全部殺光了。你應該沒有義務幫他吧？」

「要是有人失敗，重要的是從旁支持他，師傅不是也常常這樣說嗎？」

札諾巴邊說邊望向窗外。

窗外除了傭兵之外，也混雜著走在路上的一般鎮民。

雖然看起來和平常沒兩樣，但可以感覺得到他們身上散發出些許不安的氛圍。

札諾巴在出發時說過。與他國的戰爭是自己的義務。那麼，身為國王的帕庫斯如何看待札諾巴，他應該也不以為意吧。

……果然，現在還無法說服他。

「我懂了。抱歉，說了奇怪的話。」

「不會，本王子很清楚，師傅也是設身處地為本王子著想。」

「既然你都這麼說了，就讓我們守住卡隆堡壘吧。因為我是外行，所以會遵照你的指示。有什麼事情儘管吩咐。」

畢竟也不能放下札諾巴不管，所以先這麼說吧。

「喔喔，感激不盡。有師傅在，就有如獲得百人之力啊！」

「照剛才的計算，應該是千人之力吧。」

好。總之先想辦法守住北方的卡隆堡壘吧。

反正帕庫斯會趁這段期間整頓好軍備，敵國也有可能不打過來。那麼只要時間一久，國家自然會趨於安定；一旦國家穩固，也就等於保衛了國家，札諾巴或許也會因此而滿足。到時候再以接下來的工作就交給王龍王國和帕庫斯為由說服他吧。

順帶一提，前往堡壘的成員是我、洛琪希以及札諾巴三人。

金潔會留在王都。

她聽到札諾巴要前往堡壘後雖然感到有些煩惱，但最後還是決定繼續蒐集情報。看樣子好像有什麼事情令她在意。

她拜託我「王子就麻煩你們多多關照了」。

不過話說回來，只有三個人啊。明明是王子要上戰場，非但沒有人來送行，也沒有護衛跟援軍。坐在車伕位子上的雖然是這國家的士兵，但態度卻很冷淡。

帕庫斯果然是把札諾巴當作棄子看待吧。這件事情讓我感到相當不甘心。明明札諾巴抱著如此大的覺悟才回國，並認帕庫斯為王，自己則是作為將校為了國家粉身碎骨，竟然受到這種對待……

姑且把這件事放一邊，魔導鎧「一式」以札諾巴喜歡的人偶名義，拆解成零件透過其他管道運送。應該會比我們還要晚到吧。畢竟這個世界的運輸業和現代日本的運輸公司不同，相當散漫。在我抵達後直到魔導鎧抵達的這段期間，說不定會發生什麼狀況。

真令人擔心。

既然那麼擔心的話乾脆穿著移動不就得了？我也有過這種念頭，但馬上想起之前和奧爾斯帝德戰鬥時，曾因為魔力耗盡而差點喪命。

所以，我想盡可能地保留用來穿魔導鎧的魔力。

往堡壘的路上，並沒有經過大型街道。

馬車在猶如田間小徑的狹窄道路上默默移動。

雖然有農村卻沒有設置旅社的小鎮，所以我們偶爾也會野營，就這樣一路朝北方前進。

「……」

這一路上，我起初都是在想關於人神的事，但突然意會到「接下來就要參加戰爭了」這個事實。在那個瞬間，總是會有股不安湧上心頭。

身體很僵硬。戰爭。自從來到這個世界之後，嗯，多少也習慣了互相殘殺。不過，戰爭……這個詞彙有著難以言喻的恐怖。不是指殺人，也不是指被殺，只是單純對戰爭這個現象感到畏懼。而且如今是自己要參與其中，自然更令人害怕。

……話又說回來，我們能贏嗎？雖然經過前陣子的說明，我也明白應該有辦法一戰。

但畢竟我還是第一次實際上戰場。

「師傅，請看。那裡有一群冒險者喔。在這種空無一物的地方穿戴那樣的重裝備，真不知是要上哪去呢？」

與不安的我相反，札諾巴看起來相當樂在其中。

每當注意到什麼都會跟我報告，對著我擺出笑容。

他超級開朗。根本不像是接下來要去參加戰爭的人。

「那應該是要去探索迷宮的隊伍呢。雖然這一帶的迷宮很多，但並非所有迷宮都鄰近村鎮。真心想要闖蕩迷宮的隊伍，會像那樣出遠門前往人跡較少的迷宮。」

洛琪希也很冷靜。

雖然不至於像札諾巴那麼開朗，但她和平常一樣。

她曾說過自己是第一次上戰場，卻絲毫不顯懼色。

「喔喔，真不愧是洛琪希小姐。實在是博學多聞。」

「因為，我以前也曾有一段時期潛入過這一帶的迷宮。」

害怕的人只有我。

為什麼他們兩個可以這麼冷靜啊？該不會只有我沒注意到可以讓人安心的要素嗎？啊，難不成對他們而言，我就是讓人安心的要素嗎？

如果是那樣的話，我可不能擺出不安的表情啊……

「話說起來，洛琪希小姐就是因為單獨攻略迷宮的功績受到認可，才成為我國的宮廷魔術師呢。」

「是的，真是令人懷念的往事。」

「據說單獨挑戰迷宮，並非常人所能辦到的成就。儘管本王子認為師傅的師傅有此實力也是理所當然，但為何您要做出那樣魯莽的舉動？」

「咦？這個嘛，那個，應該說是在找東西呢，還是該怎麼說呢……算是年少輕狂吧。」

「哦，那麼您已經找到了嗎？」

「當時雖然沒有找到，但後來，與其說找到了，不如說是被找到了。」

洛琪希從帽緣偷偷瞄向我後這樣說道。

噢，這是在說那個吧。就是洛琪希為了尋找戀人而去迷宮那件事。

「原來如此，想不到藍髮的天才魔術師為了尋找結婚對象而踏入迷宮一事確實屬實啊。」

「請不要說得那麼直接，這樣我會很害羞的。」

「這樣不是很好嗎？畢竟師傅也是在早在進入學校就讀之前，就一直仰慕著洛琪希小姐。」

「真的嗎？他不是和希露菲很要好嗎？」

「不，關於這點呢，當初其實本王子也不知情，但師傅把洛琪希小姐的——」

札諾巴和洛琪希你一言我一句，愉快地談論著往事。

要是平常的話，我或許會多少對札諾巴感到嫉妒，但現在實在沒有那個心情。

「嗯，從以前開始魯迪就對我的……魯迪？你怎麼了？」

回過神來，洛琪希正盯著我的臉瞧。

臉好近。本來想說乾脆親下去好了，不過我忍住了。

「沒事，我只是在想札諾巴明明要上戰場，看起來卻相當開心。」

「哈哈哈，畢竟本王子也是男人！再怎麼說，竭盡死力的決鬥與戰事，總是令人雀躍不已啊！」

「……」

胃好痛。

九天後，我們抵達了堡壘。

卡隆堡壘是比想像中還要來得宏偉的建築物。

從遠處觀看時，外觀就像是個石造的小型城堡那種隨處可見的建築物，第一印象令人覺得有些靠不住。

但是，地理位置良好。這裡建於類似三角洲的那種河川匯流處。

印象中，那座聞名的墨俣一夜城也是蓋在這種地方。

進一步說明的話，河川的前方是森林。雖然穿過森林後要進入西隆王國是輕而易舉，但要率領軍隊穿過森林卻是舉步維艱。更何況這個世界的森林還會出現魔物。趁著敵軍與魔物交戰停下腳步時，我方可搶先一步繞到森林出口與魔物同時進行包夾──很容易營造出這種狀況。

所以，這裡是名副其實的戰略要地。

靠近一看之後，會發現這裡比想像中來得威風凜凜，可以看到屋頂上還設有瞭望臺以及投石機等設備。事前聽說這裡只聚集了五百人，原本預測會是更小更破爛的地方，卻是相當有料。

然而，在這裡活動的士兵卻是臉色陰沉。

想必是聽到敵方有著壓倒性的兵力，所以才會士氣低落吧。

「師傅、洛琪希小姐，請到這邊。」

我們在札諾巴的帶領下，找到了堡壘負責人的部隊長。

部隊長在看似作戰會議室的場所，和幾名副隊長把頭一起靠在地圖前面。

「你是誰？」

「我是西隆王國第三王子，札諾巴・西隆。」

「……！」

儘管他們投以疑惑的視線，但在札諾巴報上名號的瞬間，便立刻單膝跪地。

「我是西隆王國騎士加立克．巴畢力堤，目前擔任卡隆堡壘防衛部隊隊長一職。」

「嗯，至今為止辛苦你了。我想國王所發的行文應該已經送達這裡才是……」

「是！已經在前幾天收到。」

「那麼事情就好辦了。從明天開始，由本王子擔任這座堡壘的指揮官，聽清楚了嗎？」

「……是。」

感覺得出加立克心懷不滿。與其說不爽自己被拔掉領袖的地位，感覺上更像是不甘把指揮權讓給這種傢伙。

一直保衛著堡壘直到現在的他想必也有自尊吧。

畢竟姑且算是同伴，我是不是該從旁說個幾句，讓彼此的關係不會失和比較好？

「話雖如此，本王子也許久未經戰事。因此，立場上充其量是以輔佐為優先，有關實際的指揮事宜，想要繼續交給加立克先生負責。可以嗎？」

「是！」

根本不需要我多嘴，札諾巴已經妥善處理此事。

嗯嗯。像這種事還是交給老手最適合。

「那麼事不宜遲，加立克先生，本王子想提振士兵的士氣。麻煩你將這座堡壘的士兵全部集合起來。」

「遵命！」

由於札諾巴這句話，我們待會兒將與留在堡壘的士兵打照面。

約一個小時之後。

在設置於堡壘外側的講台前面，有將近四百五十名身穿鎧甲的軍隊已整隊排好。

其餘的五十名裡面，有十名分散在堡壘各處負責監視敵軍。

剩下的好像是因為偵查或是護衛輜重部隊之類的原因不在現場。並排的士兵個個孔武有力，有著天不怕地不怕的剛毅長相。比想像中還要來得精悍且壯觀。

原本覺得五百人有點少，但親眼目睹之後，那種想法已蕩然無存。反而讓人湧起只要有這些人應該能設法應付的想法。

不對，對方可是這數量的十倍，應該是沒辦法招架吧。

「喂，快看。」

「誰啊那傢伙？」

「看起來，應該是王族吧……？」

一看到札諾巴於講台上現身，他們臉上都擺出了疑惑的神情。

每個人的士氣都很低。明明是在王族面前，卻還有人偷偷摸摸地和隔壁交頭接耳。

「我是西隆王國第三王子，札諾巴·西隆。」

「札諾巴殿下！我等全員，對於能與您一同奮戰，甚感榮幸！」

雖然站在最前面的部隊長抬頭挺胸如此說道，但只是客套話吧。

他自己感覺也不是很歡迎札諾巴。那張臉看起來就像在說「你來幹嘛啊」。

「唔嗯。」

札諾巴誇張地點頭，俯視眼前的士兵。

或許是因為我準備的全身鎧甲以及棍棒，看起來倒是有模有樣。

「首先，向本王子說明狀況！」

「是！目前依舊持續與敵方發生小規模戰鬥。在逼問俘虜之後，我們得知敵方將會在近期發動大規模攻勢。」

「原來如此。那麼沒有時間了呢。」

札諾巴嗯了一聲並點頭。

部隊長露出略為不安的神情。就像是在表示「這傢伙真的懂嗎」。

札諾巴挺胸大聲喊話：

「首先，來為各位介紹援軍。」

聽到援軍，士兵的表情變得稍微開朗了一點。

噢，士氣上昇的瞬間實在是淺顯易懂。不過，哪裡有什麼援軍啊？

至少帕庫斯並沒有派援軍給我們。
本來我這樣想，札諾巴卻朝著我們這邊使了個眼色。
於是我和洛琪希在他的催促下走上了講台。
「喂，那個是……」
「之前曾經……」
「不過我記得……」
士兵們開始議論紛紛。
感覺那些傢伙的視線主要是朝向洛琪希的方向。因為戰場上鮮少有女性，所以才會對洛琪希投以野獸的視線吧。畢竟洛琪希既可愛又美麗，還散發出神聖的氣場，所以我也並非無法理解，但連女性士兵也在看著洛琪希。而且不論男女，看著她的人多半感覺較為年長。
大約是三十幾歲到四十幾歲。
「各位！敵眾我寡。如今我軍也掌握敵方將發動大攻勢的消息，想必各位內心正感到惶恐不安。不過今天，本王子從魔法都市夏利亞，帶來了強力的援軍。」
札諾巴對我們使了個眼色。原來如此，所謂的援軍是指我們啊。也對，聖級以上可是一騎當千。
我和洛琪希兩人合力的話，可是有兩千萬超人力。（註：出自《金肉人》）
「各位好。」

洛琪希脫下帽子打了聲招呼。此舉讓士兵更加激動。

「果然！那是之前擔任宮廷魔術師的……」

「是王級魔術師——」

「據說是設計出目前的基本教練的……」

札諾巴一邊擺出得意的表情，同時開始說明洛琪希的身分。

「這位是洛琪希．米格路迪亞。從前曾擔任過我國西隆王國的宮廷魔術師。雖然應該有許多人知道，但現在的對魔術基本教練也是由她一手制定而成。再加上她的弟子，魯迪烏斯．格雷拉特。這兩位都是實力在王級以上的高強魔術師。」

喔喔喔！現場瞬間沸騰。

原來如此。洛琪希以前曾是這國家的宮廷魔術師。在士兵之中，應該也有人從當時就已經在這國家擔任士兵。

不過啊札諾巴，現在的洛琪希，是叫洛琪希．米格路迪亞．格雷拉特。你這樣亂講話不行喔。算了，只說米格路迪亞應該也比較好理解。

「聖級魔術師相當於千人之力，這件事想必各位也有所耳聞。那麼王級魔術師究竟有多麼厲害呢……！或許有人不清楚，但實際上在過去的拉普拉斯戰役之中，可是有著一名王級魔術師便壓制了十萬大軍的紀錄啊！」

現場頓時鴉雀無聲。

十萬也吹得太誇張了吧。我可沒有聽說過那種事耶。
但是，好像有人相信了。那種人正對我投以欽佩的目光。
「除了這兩位實力在王級以上的魔術師之外，再加上身為神子，有著『拔頭王子』別稱的本王子，將親上前線指揮作戰！」
聽到神子以及「拔頭王子」這樣的詞彙，士兵們的臉上綻放了期待的表情。
就算是我以前去西隆王國時遭到人們忌諱的別名，一旦上了戰場聽起來也會讓人感到信賴。
「本王子在此約定，將為各位帶來勝利！」
札諾巴握拳，猶如喊叫般地大聲宣示，隨後士兵們立刻高舉拳頭，歡聲雷動。
「喔喔喔喔喔喔！」
士氣大振。
這次演說的鼓舞效果可說非常成功。
札諾巴意外地有成為領導人的素養。
不過，這堡壘易守難攻，再加上兩名王級魔術師。雖然主動進攻的話是難以取勝沒錯，但是打防衛戰就容易多了。這樣也能理解為何札諾巴會如此信心滿滿，士兵看到洛琪希後會如此歡呼。
看著高舉拳頭的士兵，不安的心情也緩和了不少。

就來好好加油吧。

第六話「戰爭準備」

隔天，我和札諾巴去約會了。

地點是卡隆堡壘的北方，預計會成為主戰場的荒野。

因為札諾巴一大清早就跑來說「有件事想嘗試看看」，所以我就依言跟著他走，然後就被帶到這裡。

老實說，我現在很緊張。這一帶是戰鬥區域。什麼時候跟敵方部隊接觸都不足為奇。

「喂，不要緊吧？」

「嗯？師傅，有什麼事讓您怕得如此靜不下來？」

「不是啦，這裡搞不好會出現敵人……因為他們馬上就要攻過來了吧？」

「要是出現的話，只要打倒不就成了嗎？實在不像是挑戰過龍神奧爾斯帝德，勇猛果敢的師傅會說的話呢。」

勇猛果敢這個形容詞，可是最不適合用在我身上的喔。

適合的反而是艾莉絲。當然，因為我身上穿著二式改魔導鎧，就算受到一般的雜兵奇襲應該也能想辦法應付……

「沒事的，這個位置從堡壘看得一清二楚，敵方的斥候不可能來到這裡。」

「應該相反吧？要是不到看得見堡壘的位置，不就沒辦法完成斥候的職責了嗎？」

「確實有道理，但根據部隊長加立克的說法，對方已經摸清了我方戰力，或許會有一兩個人在觀察我們的行動，但應該不可能率領部隊出現。」

是嗎，那就好。

雖然被對手掌握這邊的戰力並不是什麼好事。

「是說，札諾巴，你把我帶到這種地方，到底打算做什麼？愛的告白嗎？」

「哈哈，本王子雖然很喜歡師傅，但並不好男色。不過，我記得阿斯拉貴族有許多人深好此道是吧？」

「……我們家族喜歡女人啦。」

諾托斯家族代代喜歡巨乳。以喜歡胸部的男孩子來說很正常。

哎呀，可別誤會了。小的我也最喜歡了。

不管怎麼樣，在這個世界都稱不上是什麼特殊癖好。

「先不開玩笑了……其實這一帶是兩軍開戰之時，敵軍用以排兵布陣的位置。」

「哦？」

經他這麼一說，我環視周圍。

這裡是空曠的荒野。除了地形曲折，到處還散落著碩大的雜草以及足以環抱的大石。

另外，也有斜度，要望向卡隆堡壘還必須抬頭。所以這邊有點算下坡路。

河川也是由南方流向北方。

嗯。這樣觀察之後，會發現卡隆堡壘的位置真的很理想。實在可靠。

「你怎麼知道是這裡？」

「這一帶，是敵方的弓箭勉強能射得到的距離。」

「哦……」

我覺得已經有相當的距離了，原來就算這麼遠也射得到啊。

算了，我方的弓箭是從堡壘上方射出，射程自然比敵方更勝一籌。

「所以，我們要把這一帶變化為敵方無法順利布陣的地形。」

「原來如此。」

要是這一帶的地形產生變化，對手就得布陣在比這裡更遠的位置。

也就是我方的弓箭射得到，對方的弓箭無法發揮作用的距離。要是能更動為連進軍都有困難的地形，甚至可以從堡壘狙擊對手。以先發制人來說是非常有效的手段。

「那麼師傅，請您來一發大的。」

「好，要什麼樣的感覺？」

「山，或者是谷吧。」

「那就挑谷吧。」
就這樣，我們那天花了整天時間改變戰場的地形。
在荒野上做出了好幾個深度十公尺，縱長五公尺，橫寬二十公尺左右的洞穴。
順便還在其中幾個加上蓋子，設計成落下的陷阱。
這樣的話，不僅沒辦法輕易填平，就算對方帶了投石機之類的道具，也難以運到射程之內。
由於上下洞口很費工夫，應該也很難作為戰壕使用。
而且，我們還在包圍堡壘的河川外側製作了石牆與壕溝。
這樣一來，就算敵方構築陣地也無法輕易觀察堡壘的動向，即使跨越陷阱地帶攻了過來，也很難靠近堡壘。
「呼，大概就這樣吧。」
「辛苦了。」
花了半天時間完成了這次工程。
既然事先下了這麼多工夫，敵方也無法輕鬆地進軍才對。
「這樣可以暫時放心了吧。」
「不不。如果是師傅的話，應該可以從這個陷阱的另一側用魔術破壞堡壘吧？」
「可以。」
畢竟位於視線的範圍內，距離上不成問題。

「那麼，我們最好假設其他的魔術師也可以用魔術攻擊堡壘。」

雖然我不清楚一般魔術師的射程大概多遠，但既然有人能辦得到，那麼還是認為敵方也能辦到比較保險。

我認為人神確實有可能調來王級、聖級的魔術師。

「另外，對方的魔術師也有可能試圖將剛才做好的陷阱給填上。」

這次的工程是以挖陷阱為主。

不過說是陷阱，充其量也只是往下挖洞。要是對方有土聖級魔術師，應該一招就能把洞填平。

「在開戰初期，本王子希望能讓師傅與洛琪希小姐主要負責抵銷那樣的魔術。」

「原來如此。」

就算對方有辦法應對，我方也有兩名聖級以上的魔術師。如果地形感覺要被破壞時，只要用對抗咒文抵銷掉就好。

「關於詳細內容，本王子打算過幾天再說明，但今天做的陷阱姑且有那樣的用意。」

看到陷阱後，敵方會在陷阱前面布陣。再來，第一步會想辦法處理陷阱。

不是派出魔術師就是使用人海戰術。如果是魔術就由我來抵銷，是人類的話就由堡壘的弓兵進行妨礙。

這樣就安心了。

看樣子不會那麼輕易遭到攻陷。

很～好很好很好，感覺開始有餘裕了。

在那之後又過了三天左右。

魔導鎧送來了，我立刻先組裝起來。因為基本上是接近戰用的裝備，直到敵人攻入堡壘之前應該都派不上用場。況且消耗魔力甚大，考慮到之後可能還有一戰，還是先暫時不穿就這樣戰鬥吧。有跟七大列強交手的可能性——這件事可得銘記在心。

組裝好魔導鎧後，我依照札諾巴的指示對堡壘進行補強工程。

像是把洞補起來，或是強化牆壁之類。如果是這種程度，消耗的魔力可說是微乎其微，沒有問題。

在我做著這種事的期間，洛琪希好像在教導堡壘的士兵使用魔術。

不光是魔術兵，也有普通的士兵參加講習。因為一旦面臨緊要關頭，是否能使用初級魔術可說是生死的分水嶺。

或許是因為洛琪希原本曾是宮廷魔術師，她馬上受到士兵接納。相當受歡迎。

相對的，堡壘的士兵似乎對我退避三舍。

當然，他們並非對我抱有敵意。

簡而言之，他們在怕我。想必是因為我一天內就改變了地形吧。

當我在堡壘裡走著時，士兵們會慌張地讓路；要是我詢問事情，他們會畢恭畢敬地仔細回答。可是，他們幾乎從來沒有主動找我搭話。

有一點疏離感。明明札諾巴與洛琪希都已經開始受到士兵們認同了……

難道這就是社交能力的差距嗎？

是不是應該更積極地向他們搭話比較好？

雖說我也不是來交朋友的，是沒關係啦，但還是有點寂寞。

啊，雖然士兵們對我很冷淡，但伙食很棒。

關於這點，也是因為這次的戰爭有王龍王國在背後撐腰。儘管他們不願意派出援軍，但是卻送了物質過來。

物資主要是食材。

在王龍王國平常就能吃到的沙納基亞米。

雖說這在西隆王國也吃得到，但在這座堡壘已經成為主食。

味道和我家不斷進行品種改良的愛夏米有些許不同。

老實說，愛夏為了迎合我的喜好而進行了各種嘗試。

所以，味道上自然是愛夏米更為美味。

但是，原本就是同一種米。要是能每天吃到這種東西，就算要我成為西隆王國的士兵也無所謂。用餐時間就是會讓人作如此想的快樂時光，但如果要當帕庫斯的部下就免了。

然後到了第四天。我方的斥候獲得情報，敵方部隊已從堡壘出擊。

敵人就快要來了。

從敵方的堡壘到這裡，大約需要五天時間進軍。

雖然不清楚斥候要花幾天才能往返，但不可能只花一天就走完別人五天的路程。

三天？還是兩天？總之再過不久就會來了。

堡壘裡開始變得吵吵嚷嚷。

札諾巴和加立克一起重新編成部隊，洛琪希開始在堡壘的屋頂上描繪魔法陣。

堡壘的士兵們重新打磨武器、整備鎧甲，並重新確認箭矢的數量。

裡面也有人為了做好隨時迎擊敵軍的準備，而開始寫起遺書。

至於我，則是閒得發慌。似乎沒有什麼事該做。我能做的基本上已經在這幾天完成。所以，頂多也只能幫忙洛琪希描繪魔法陣。

據洛琪希所說，這套魔法陣是火聖級魔術「閃光炎（Flash Over）」的魔法陣。

洛琪希並沒有正式學會這套魔術。

因為她不擅長火系，沒辦法順利控制。

但是，她知道描繪魔法陣的方法。

沒錯，這套魔法陣並非是由洛琪希來用。而是交給堡壘內的數名魔術兵灌注魔力來使用的。洛琪希似乎只打算使用水聖級魔術。

火魔術基本上不會對魔物使用。儘管威力很高，但在迷宮中使用可能會導致缺氧，火星飛濺到四周也很危險，所以不太受歡迎。

可是，對人類非常有效。

畢竟，正常人一般來說都很怕火。

一旦開始戰鬥之後，我會和洛琪希一起從堡壘的屋頂上朝著敵軍釋放魔術。

雖說有經過縝密規劃，但到時基本上就是亂轟一通。

那就是我的任務。

但是，有一個隱憂。

我有辦法出手嗎？

自從來到這個世界後，每到得動手殺人的階段，我總是會猶豫不決。

事到如今，我不打算把自己當作乖小孩，說殺人是不對的。

我也不打算把自己勉強裝成大人，說什麼這樣的話將來沒辦法挺頭挺胸地對孩子說殺人是不對的。

說到我在意的點，頂多就是瑞傑路德從前曾勸戒我不要殺人。

從前，我只有一次抱著明顯的殺意動手殺人。

就是大流士上級大臣，還有奧貝爾姑且也算在內。雖說我沒有給他最後一擊，但的確是我把他逼到絕境後殺掉的。那種感覺令人心有餘悸。但就算如此，他們也是我非得打倒的對手。

而這次的對手，基本上沒有任何過錯。不至於非殺不可。

沒有正當理由。勉強要說的話就是為了札諾巴，但沒辦法宣稱自己是被逼著這麼做。

不管怎麼樣，到時我得從遠處將那群無辜的人們，隨性地用魔術殺死。

和奧貝爾那時不同，這將會是單方面的屠殺。

要問辦不辦得到的話，辦得到；要問做還是不做的話，我會做。

可是，在結束之後，不要緊嗎？會不會突然感到一陣噁心就吐出來？

要是死神在這之後攻過來，我能好好戰鬥嗎……

「…………」

「怎麼了嗎，魯迪？」

當我正在煩惱時，洛琪希抬頭望著我。臉頰上沾著墨水。

話說回來，明明就要上戰場了，她卻依然心平氣和。因為洛琪希以前是冒險者，應該沒有參加過戰爭才對。難道說她以前有過殺人的經驗嗎？

我發現自己以前從來沒問過這方面的事情。

「洛琪希……呃，那個，就是啊……」

不過，很難開口。

妳曾經殺過人嗎？

要是在前世脫口說出這種問題的話，可是會讓人覺得「這傢伙該不會……」的發言。

「啊……我知道了。真拿你沒辦法呢。在堡壘有間沒在使用的套房，我們去那邊吧。」

「咦？」

「我聽說男人在上戰場前，會透過和女人上床來鎮定自己浮躁的心。要是做到連腰都挺不起會很困擾沒錯，但我再怎麼說也是魯迪的妻子，總比你隨便亂勾搭女人還好。」

「不不不，不是那樣啦。」

「不是嗎……」

就算是我，也不會一年到頭都在發春啊。

是說洛琪希看起來有點失望。要是洛琪希想做，我當然樂意……

不對，先把那種事放到一邊。好，問吧。

「洛琪希……妳以前曾經殺過人嗎？」

「有啊。」

她很乾脆地回答。實在出乎意料。那個洛琪希，那個很快就和這個堡壘的士兵打好交道的洛琪希竟然會……

「畢竟我當了很長一段時間的冒險者，應該沒什麼好不可思議的吧。」

「那個……對方是什麼樣的人？」

「第一個對象是……我還在魔大陸當冒險者的時候吧。對方認為我是小孩子就打算欺騙我，我們後來發生爭執，順勢演變成互相殘殺……」

聽起來比較像是情勢所逼。

「只有一個？」

「我一個人當冒險者的時候有過好幾次……對了，我一個人旅行的那陣子，經常會被綁架犯盯上呢。畢竟我外表長這個樣子，看起來很容易綁架對吧。不過，我反過來把他們全都解決掉了。」

也對，想想也是理所當然。

這個世界就是這樣。為了活下去，無論是什麼人都不可能不弄髒自己的手。

「洛琪希，妳看起來非常冷靜……不過妳這次是第一次參加戰爭吧？」

「沒錯。不過，像這種攸關生死的局面，我至今也遇過好幾次。」

她斬釘截鐵地回答。

「這次不僅敵人不太可能來到眼前，要是覺得危險，後方也有逃跑的空間。綽有餘裕。」

「要逃跑嗎？」

「是的。要是有個萬一，我會扛著魯迪逃走的。畢竟我就是為了保護魯迪才跟過來的。」

洛琪希舉起拿筆的那隻手，擺出要鼓起上臂肌肉的姿勢。

她的上臂白白嫩嫩的。雖然沒有任何肌肉，卻令人感到相當可靠。

「魯迪對殺人感到害怕嗎？」

「嗯，很害怕。」

「為什麼？」

「我也不清楚……」

洛琪希「嗯」了一聲點點頭，同時以袖子擦拭額頭上的汗珠。或許是因為剛才的姿勢讓墨水滴到袖子上，使得洛琪希的額頭也沾上了墨水。

「因為魯迪從以前就很膽小呢。甚至連騎馬都會害怕……」

喔喔。這麼一提，十五年前我連外出都會覺得害怕。真懷念。

「是哪個部分不清楚呢？請試著告訴我。」

總覺得，洛琪希好久沒像這樣擺出老師架子了。

「一旦我想殺人……就會自己踩下煞車。」

「煞車，是嗎？你覺得那是為什麼？」

為什麼……要是知道的話我也不用煩惱了。可是，不能在這個階段就放棄思考。要好好想想。

想想自己以前為什麼沒有殺過人。

「從在魔大陸旅行的那陣子開始，為了不殺死對方，我會把魔術調整成不會下殺手的威力。」

沒錯。以前之所以調整了岩砲彈（Stone Cannon）的威力，是為了讓艾莉絲累積與魔物戰鬥的經驗。

可是，我後來面對人類的時候，也把威力調整成不足以致死的程度。

因為瑞傑路德，以及「Dead End」的隊伍，規定不能殺人。

「當時的隊伍，有定好不能殺人的規則……因為我是隊長，所以有一部分是認為自己得成為榜樣才行。後來這種狀況持續下去，所以那種想法就在我的腦內根深蒂固……應該吧？」

正因為長期以來都沒這麼做過，所以在不知不覺間，我的心中已經深深認定那是應該避免的事。就好像在孩提時代被嚴格管教，對一些事情退避三舍的人，在長大成人後也會持續逃避面對這些事。

是一種心靈創傷。

只要我在旅行途中殺了一個人，或許就不會到現在還在煩惱了。

我在沒有踏出一步的情況下，就來到了這裡。

「原來如此。」

洛琪希把瀏海往上撥，墨水也沾到了鼻頭。

「魯迪，你自己對剛才提到的煞車有什麼想法？會想設法消除掉那個限制嗎？」

「……不，倒不如說消除的話反而會害怕。」

在這個世界，我擁有力量。恐怕是能用一根指頭就把路人殺死的力量。

只不過稍稍不滿就殺了對方，而且還把追究此事的對手也一起殺死的力量。

要是沒有煞車，我會像未來的日記裡面的我那樣，成為對誰都毫不留情的殺人魔。

我……不希望那樣。

雖然只是感覺，但我不要。我不想變成那樣。

「那麼，這樣不就好了嗎？」

這樣好嗎？這件事今後應該也會困擾著我吧。

「我大可在此說『這次不是魯迪殺的，而是札諾巴王子強迫你殺的』，但這麼說魯迪應該會生氣吧。」

「……」

戰爭中，個人的殺戮行為會受到國家保護。一切都是組織、國家的責任。

所以，我在這次戰爭中殺的人並不算數。一切都會歸屬為札諾巴，或者帕庫斯的責任。

當然，那只不過是藉口罷了。

「這次，要是魯迪沒辦法使用魔術的話，就由我來努力吧。要是我魔力耗盡，再請你揹著我逃走。」

「……也對，比起由洛琪希來揹我，還是那樣比較好呢。」

「對吧？」

洛琪希說完這句話後笑了出來，同時拿起了新的墨水壺。

這時，她才發現自己的袖子上沾著墨水，皺起眉頭。

「魯迪，我的臉上該不會沾到了墨水吧？」

「是的，感覺就像能從臉上施展魔術一樣。」

我這樣回答後，洛琪希便從懷裡取出手帕用力擦拭。

她滿臉通紅。沒有冒出魔術，而是噴火了嗎？

「沾到哪裡了？」

「臉頰、額頭還有鼻頭。」

「…………請幫我擦掉。這樣的話我會嫁不出去的。」

「已經嫁給我了喔。」

我一邊這樣說著，同時從洛琪希手中接下手帕，以水魔術浸濕。

洛琪希閉著眼睛把臉朝向這邊。我幫她擦拭額頭，鼻頭也擦乾淨，然後在臉頰親了一下。

「……」

洛琪希不知何時已經睜開眼睛，以沒好氣的眼神望著我。

臉依舊還是紅通通的。

「再……再一下子就能畫完魔法陣了。後續的部分，待會兒再慢慢來吧。」

「好的。」

看來她似乎願意讓我進行下一步。

之後，我就像是條忠犬般地等洛琪希畫好魔法陣。

兩個人回到個人套房恩愛了一番。

這場戰爭，我不清楚自己有沒有辦法動手。

但是，有洛琪希在應該就不要緊吧。

★　★　★

隔天。我們接到報告，說敵方軍隊有了動作。

堡壘內充滿著緊張的氣氛，所有人都為了固守崗位而快步行動。

我也移動到堡壘的屋頂。

我和洛琪希的工作，是在這裡等魔導兵的中隊長下達指示，擊發魔術。

直到那時期到來之前，只能乖乖在這待命。

我身上穿著魔導鎧「二式改」。「一式」也配置完畢，靠在堡壘後面。

只要往下跳就能立刻啟動。

人神直到現在感覺還沒有任何動作。

在這場戰鬥結束時會有什麼狀況嗎？還是說，會趁著這場戰鬥做什麼嗎？

敵軍裡面有使徒嗎？堡壘裡面有使徒嗎？在後方的帕庫斯會變成敵人對我們出手嗎？

當我腦海中閃過各式各樣的不安時，視線一角突然出現了移動中的物體。

「嗯？」

在堡壘後方。敵軍過來的反方向。

我看到一群身穿鎧甲的士兵離開了堡壘，他們渡河正朝向森林移動。

大約一百人左右吧。難不成是逃兵嗎？

「那個，請問你知道那是怎麼一回事嗎？」

「是！」

我試著向中隊長比利氏詢問。

於是，他看了堡壘的那群身穿鎧甲的士兵後點了點頭。

「那是前幾天，由札諾巴殿下編制的部隊。殿下說他們的任務是一邊打倒穿越森林的敵兵，同時再根據狀況奇襲敵方本隊，藉此拿下敵將的首級。」

「咦！」

那是什麼？

「我怎麼沒聽說這件事！」

「是……不，那個，因為札諾巴殿下說，要是魯迪烏斯大人一起跟去的話，堡壘的守備就會變得薄弱。」

「不是，這和不讓我知情是兩回事吧？」

「因為札諾巴殿下認為，要是說了魯迪烏斯先生就會一起跟去，而且一旦您跟去的話，洛琪希小姐也會跟著一起去。」

這個嘛，是很感謝他顧慮到我，他的想法我也明白。

確實，要是知道札諾巴要帶少數人出擊的話，我肯定會強調「這肯定就是人神的陷阱！」，而跟著那傢伙一起過去。

這樣一來，說不定連洛琪希也會跟去。

雖說不管在哪都能擊發魔術，但要是從森林裡面，我不認為能根據狀況準確地集中目標。這道理我明白。

不過，這樣就沒有意義了啊。那傢伙以為我是為了誰才來這裡的啊？我可是為了保護札諾巴才來的喔。好歹也在出發之前跟我說一聲嘛。

要是我誤射的話要怎麼負責啊？是說，要是讓敵方知道我軍的總大將在森林裡面的話，豈不是很危險嗎？

現在馬上追上去……

「唔！」

然而，在我準備採取行動之前，堡壘內頓時瀰漫著一股緊張的氛圍。

通知敵襲的鐘聲鏘鏘作響，周圍的視線全都集中在某一點。

在視線的盡頭，地平線上揚起冉冉沙塵。

敵人來了。

第七話「戰爭」

札諾巴離開了堡壘，去了某個地方。

說是要拿下敵將的首級。

搞不懂他想幹嘛。雖然搞不懂，但我也沒辦法離開自己的崗位。

雖然在札諾巴置身戰場的狀態下擊發魔術讓人很害怕……但札諾巴事前已經和部隊長以及中隊長們溝通過。想必不會有勇無謀到在我和洛琪希施放的魔術前面穿梭才對。

他應該有認真思考過。

是說，既然他不是單槍匹馬，而是率領了百人部隊的話，應該算作戰行動吧。

我只要做好他交待我的事情就好。應該是這樣。

「……呼——」

冷靜點。札諾巴應該是在百般思考後才制定了這個作戰。

那麼，我也按照計畫行事即可。

「嘶——……呼……」

好，先專注在敵軍身上吧。

敵方趁我在混亂時進軍，並在陷阱前方行兵布陣。

是我方的弓箭剛好射不到的位置。當然，對方的弓箭也射不到這邊。

正式進入戰鬥的時間點，大概是半數敵軍侵入了我做的陷阱地帶的那時吧。

「確實很多呢。」

「我看起來只有三千左右。」

「因為還有後續部隊啊。」

士兵們正在對眼前狀況進行討論。他們是藉由旗子的數量，來判斷士兵的數量嗎？

「魯迪！請開始用魔術抵銷！」

「咦？」

洛琪希猛然大喊。

我望向敵人方向，看到在敵陣的中央附近有道猶如龍捲風的物體正朝向天空攀升。

「他們打算用土魔術一口氣把陷阱填滿！」

喔喔，那是土聖級魔術「沙暴（Sandstorm）」啊。

看樣子已經被敵方斥候藉由某種手段確認了陷阱的存在，想必他們是打算以大量的沙土掩埋起來吧。

但是，這也在預料之中。

「明白了，我用颶風（Violent Storm）來抵銷。」

我如此宣言，把雙手朝著向上旋轉攀升的沙塵。

使用的是風聖級魔術「颶風」。

雖然名字聽來很了不起，卻只不過是單純產生強風的魔術。

但是，聖級可不是浪得虛名。

水聖級魔術「豪雷積雨雲（Cumulonimbus）」。

土聖級魔術「沙暴」。

兩者都是「屬性＋風」，接近混合魔術。

然而，風魔術只會刮起風。

明明消耗的魔力總量相同，卻只是單純刮起風。

所以威力相當驚人，足以將水聖級、土聖級魔術製造的現象給消滅。

對於飛在天空的魔物也非常有效。

不過基本上，要用來對付存在於地上的生物，還是其他魔術的威力較高。

因為距離愈遠，就會撞擊到草木之類的東西使得威力衰減。

有一種說法認為，風魔術是為了在戰爭中對抗其他能改變環境以及天候的魔術所開發的。

不過，終究也只是假設。畢竟只要灌注足夠的魔力，即使威力衰減也能夠發出將草木連根拔起的威力。

更何況只有在地上才會造成威力衰減，在空中的話就不會輕易發生這種問題。所以我認為

這招有可能是為了打倒飛在空中的龍所開發出來的。不過龍本身好像也會使用風魔術啦。不然正常來說，那種巨軀根本飛不上天空吧？

另外還有一種說法，一旦使用過度好像就會變成禿頭。據說是因為風會把頭髮也連根拔起的緣故。因為身為風王級魔術師的魔法大學校長就是那樣，這點倒是頗具可信度。

很好很好，看來我很冷靜。

當我在腦內胡思亂想的時候，我的魔術已輕而易舉地把敵方的沙塵給吹散。

「喔喔！」

周圍響起了士兵的歡呼聲。

不過如我所料，距離離得這麼遠，對地面幾乎沒有造成任何損害。

一般來說，既然是能夠將沙暴吹散的狂風，理論上也會對地面造成非比尋常的災情才對，或許是指向性太強了吧。畢竟我是朝著上方攻擊的。

還是說跟魔力有關呢？

算了，總之這樣一來……

「魯迪，又來了！」

「咦？又來了？」

雖然我想再試幾次也是徒勞無功……噢，不對，並不是沒用。

正常來說，會把魔力耗盡。

因為對方有著十倍的戰力，所以魔術師的人數應該也有十倍。

只要對方和我們一樣設置魔法陣，連續擊發魔術的話，認為我們會先耗盡魔力也很正常。

奇怪？這麼一想，難道對方那邊沒有人神的使徒嗎？

如果有使徒，而且知道我的存在，就不會讓屬下採取這種行動。這樣只是在浪費魔力。

……不對，就算人神提出建議，司令官也不一定會採信他的提案。

「總之，直到對方放棄之前我會持續進行抵銷。可以吧？」

「啊，是。請問您的魔力方面……沒有問題嗎？」

「沒問題。」

中隊長用驚愕的眼神看著我。

哎呀，畢竟我就只有魔力總量特別多嘛。如果只是擊出十發聖級魔術，應該綽有餘裕。

後來，對方使用了大約五次的沙暴，我全部抵銷掉了。

要是使用亂魔（Disturb Magic）的話是可以壓抑魔力的消耗量，但在這個距離下實在沒辦法發揮效果。

「……」

於是，敵軍的行動暫時停止了。

是因為沒有能夠使用聖級魔術的魔術師了嗎？或者說準備好的魔法陣消失了呢？再不然就是察覺這樣沒用……

「他們會攻過來嗎？」
「這很難說呢。」
中隊長比利望著敵人的方向，同時以嚴肅的表情說道。
假如我是敵方的指揮官，肯定不會叫屬下朝著布滿陷阱的戰場突進。應該會暫時撤退吧。既然在第一波攻勢發現誤判了對手的實力，自然會退後重新調查敵方戰力。
是我的話就會這麼做。
「啊……似乎要過來了。」
我往前一看，發現敵方陣營開始行動了。
動作緩慢，看起來像是拖著某種厚重的物品走路，緩緩地朝著這邊前進。
嗯，也對。
他們來到這裡之前，想必也開過許多次周密的作戰會議，制定了各式各樣的計畫。更何況還會消耗糧食，士兵的士氣也是個問題。所以可能沒辦法因為第一波攻勢沒有奏效，就恬不知恥地撤退。
不過，他們也有可能這麼想。
由於剛才的一來一往，對方的魔術師或許也耗盡了魔力，那麼，就有可能安全地通過這個陷阱地帶……
「弓兵隊預備！」

隨著中隊長的號令，弓兵隊走上前面。

他們瞄準試圖越過陷阱地帶的敵兵，拉滿弦。

「放箭！」

中隊長一聲令下，箭矢齊發。

頂多是五十名左右的弓箭手。

在能以肉眼判斷的範圍，就有兩千或三千敵兵。

效果肯定是微乎其微。

敵方將軍應該也是這麼認為。過了一會兒之後，聽見了喇叭的聲音。

與此同時，敵軍的進軍速度也跟著加快。儘管敵兵偶爾會掉入陷阱，但也會透過在陷阱上架橋或是繞路而行的方式，陸續穿越陷阱地帶。

看樣子，他們看到剛才的弓箭攻擊，判斷我們這邊已無法用魔術攻擊。

不過呢，其實還有就是。

「魔術部隊預備！」

中隊長再次發號施令，然後魔術兵們便舉起魔杖。

我方的魔術兵大約是二十人左右。其中有八個人移動到屋頂邊上。另外八人在他們後方待命。

剩下的四個人則是在洛琪希畫好的魔法陣前舉起魔杖。

「等敵軍進入射程距離！」

魔術兵們在堡壘的屋頂上架著魔杖。洛琪希也同樣舉起魔杖並閉著眼睛。

我應該也要出手吧。於是我鼓起幹勁握緊拳頭。

大多數敵人已經進入了陷阱地帶。

「詠唱，開始！」

站在前面的八名，同時開始詠唱火魔術。

當他們詠唱到一半的時候，後面八名也像是刻意錯開時間那般開始詠唱。

「——『火球彈（Fire Ball）』！」

從前排八人的魔杖中射出火球。

火球在空中描繪出拋物線的軌跡飛往前方，落在敵軍的正中央。將數名士兵燒成黑炭。

接著，發射完畢的人立刻退到後方，再度開始詠唱。

「——『火球彈』！」

後排的八人做出了時間差釋放火球。

魔術部隊保持著一半詠唱時間的間隔，一波又一波地釋放火球彈。

然而從第二輪開始，敵陣開始飛來無數的冰塊。儘管攻擊無法觸及我方堡壘，卻撞上了火球使其蒸發。

是抵銷。原來剛才的攻防並沒有讓對手的魔術師全部耗盡魔力。

這也是理所當然。

「洛琪希小姐，右翼的蠍子旗幟。」

「是，我看見了。」

聽到中隊長這句話，洛琪希轉向了這邊。

右翼方向的蠍子旗幟。水彈就是從那一帶飛過來的。敵方的魔術部隊應該就聚集在那一帶。換句話說，只要摧毀那個集團，魔術被抵銷的可能性就會大幅下降。

「來，魯迪也……不，你要在那邊看嗎？」

「沒關係，我會動手。」

「這樣啊。」

洛琪希露出一抹微笑，然後開始進行詠唱。

我也做好覺悟，將魔力灌注在雙手。

在這之後，我殺人了。

★ ★ ★

後來，戰況呈現一面倒。

失去魔術師之後，他們再也無法抵銷魔術。

大多數士兵束手無策，只能任由我方的魔術兵所釋放的火聖級魔術燒死。雖然敵方戰線完全瓦解，卻因為陷阱的存在而無法順利撤退，或許是因為在途中失去了指揮系統，動作也變得凌亂不堪。這時像是要趁勝追擊一般，我和洛琪希用聖級魔術攻擊了他們。

敵軍猶如大雨之中的螞蟻。在一片混亂之中抱頭鼠竄，有人因暴風而跌落陷阱，或是遭到落雷直擊。人們一個接一個地死去。現在的話，我也能理解那個人的台詞有何意義。人類就像垃圾一樣。（註：出自《天空之城》）

不過，他們也並非所有人都在東逃西竄。

也有人穿越陷阱地帶，成功抵達我方魔術的範圍之外。雖說數量不多，但魔術師一旦進入射程範圍就會朝這邊擊發魔術。儘管幾乎全都被我方抵銷，卻也有一部分命中了堡壘屋頂，造成人員傷亡。弓兵則是將武器換成劍轉為步兵，這些步兵逼近了堡壘。

這些人是由將近三百人的防衛隊出面迎擊。

屋頂組也從上方擊發魔術，讓他們體會到猶如岩石砸落般的攻擊。

到了最後，敵軍只剩下幾名。有人喪失戰意、有人抵死不從，也有人成了俘虜，還有人遭到殺害。不太清楚基準是什麼。

與敵方的損害相較之下，我方頂多損失了幾個人吧。

這種結果就算說是歷史性的大勝也不為過，敵軍見狀也只好選擇撤退。

戰鬥結束之後，部隊長加立克高喊勝利的歡呼。

我周圍的魔術兵與弓兵也以激動的神情高聲吶喊。

雖然不明白是不是在高興，但我也叫出了聲音。既沒什麼動手殺人的自覺，對勝利也沒有什麼實際感受。可是，周圍卻很亢奮。之前畏懼著我不敢靠近的士兵也湊到了我的身邊，拍了拍我的背。也有人摟住我的肩膀或是朝我抱過來。其中一人是年輕的女性弓兵。她說：「多虧有你，我們贏了呢，謝謝你。」聽到別人這麼說，我心中也湧起了一陣喜悅。

最後是洛琪希。洛琪希朝著我撲了過來。看樣子她也很興奮，難得主動親了我。周圍的人吹起口哨對著我們歡呼喝采。

很開心。真的很開心。

絕對不是因為被女性抱住而感到開心。簡而言之，這就是所謂的集團心理吧。這股狂熱的氣氛確實麻痺了我的心，感覺還不壞。至少我可以不用因為動了一根手指就造成大量死傷的事實而胡思亂想。

總之，在我方損害幾乎為零的狀況下贏得了勝利。就為此感到開心吧。這樣就行了，不需要思考太多細節。這樣就好。雖然是第一次上戰場，但意外地也沒什麼大不了呢，像這樣想就行了。因為在這個世界活下去，就是這麼一回事。

沒有必要始終被前世的倫理觀念，或是過去的規律給束縛。

該動手的時候就動手，該忍耐的時候就忍耐。不可能只因為殺了一個人，就無法踩煞車。

因為這是自己能夠控制的。

「札諾巴王子回來了！」

聽見樓下傳來了傳令兵的聲音，讓我頓時回神。

從戰鬥的途中開始，我就把札諾巴的事忘得一乾二淨了。

我像是彈起來似的衝入堡壘。下了樓梯後，被眼前的景象給愣住了。

被士兵們團團圍住的人群裡面，約有十個人的髮色明顯與其他人不同。

唯獨他們身上粘著葉子，臉被煤屑與泥土給弄髒，頭髮上沾滿了鮮血與汗水。

其中的一人，穿著氣派鎧甲卻讓人不忍直視的男子，看到我後發出了開朗的聲音。

「喔喔，師傅！」

我還想說是誰。

我還以為是別人。

頭髮因為回濺的鮮血或液體而變得乾巴巴。鎧甲到處都是今天早上還沒有的傷痕。眼鏡也有擦拭過鮮血的痕跡。

「札諾巴？」

札諾巴，沒錯，是札諾巴。雖然看起來像是別人，但確實是札諾巴。對了，我必須好好唸他一頓。叫他下次要做什麼事情前得先跟我報備。

「你——」

我靠近之後，眼前的士兵就讓出了一條路，此時我把嘴邊的話吞了回去。

我看到有某個人正跪在札諾巴腳邊。這傢伙雖然也是滿身泥濘，卻只有他被放在網子裡面。我對這張網子有印象。那是我給札諾巴的魔力附加品。

「拜師傅所賜，奇襲順利成功，本王子也因此擒住了敵將！」

「啊，嗯……」

周圍的士兵正在稱讚渾身泥濘的十名士兵。他們看著札諾巴的眼神，已經和他剛到堡壘時不同。並不是那種懷疑的眼神，而是尊敬的目光。

話說，十個人。為什麼會這麼少啊？

我記得看到的時候，應該約有一百個人啊。

「那個，其他人呢？」

「戰死了。是光榮戰死呢。」

噢，這樣啊。也對，如果是以一百個人殺入那個軍隊裡面的話，這也不意外。

不過，那樣不是很奇怪嗎？剛才的戰鬥，就算不殺入敵陣也應該會贏吧？

為什麼沒有任何人指出這點呢？

「為……為了那傢伙，犧牲了九十個人，是值得的……對吧？」

「當然。此人是敵國的王族。要是以這傢伙作為人質進行交涉，想必就能夠結束這場戰爭。」

噢，原來如此……原來如此啊。嗯。我懂了。

既然是這麼一回事，自然需要闖入敵陣。要是以大局來看的話，剛才那戰的勝利其實無足輕重。

而札諾巴靠著賭上性命的突襲，為戰局帶來了勝利。

這樣想的話，犧牲九十個人是必要的舉動。甚至可以稱得上划算。

不對等等別被騙了。這次確實給了敵方迎頭痛擊。

一千或是兩千，甚至是三千。

如果是會正常思考的指揮官，一旦遇上這麼嚴重的犧牲，應該暫時不會打算再攻過來。

不對，因為一開始看到的敵軍數量約為三千，所以應該更少？雖然我覺得大獲全勝，但其實並非我想得那麼有價值？因為仔細想想，大部分敵軍都撤退了。何況士兵也說他們還保留了預備戰力，實際上只打倒五百左右嗎？

「畢竟也不能讓師傅兩人一直待在這座堡壘。幸好順利成功了。」

札諾巴開心地笑了。

果然是這麼一回事啊。

敵軍不一定會因此這次的慘敗而打消侵略的念頭。而且對方的指揮官也有可能不是個正常人。雖說這次對他們而言是個沉痛的打擊，但敵方數量依舊占有優勢。

在這種情況下，要是我和洛琪希不在的話，堡壘就有遭到攻陷的可能性。因為我和洛琪希也不可能在這裡停留個一年甚至兩年。

不過，既然順利擒住了敵方王族，只要締結停戰協定，就能讓戰爭落幕。

由我方掌握主導權，確實地劃下句點。

不過，難道就沒有其他手段了嗎？

比方說，由我攻打敵方的堡壘……不對，我在開戰前還忸忸怩怩地跟洛琪希說自己害怕殺人，怎麼可能會交給這種傢伙啊……

「哎呀，不過一切都在預料之中呢。師傅與洛琪希小姐的聖級魔術。再加上這個『濫捕撒網』。本王子原本就認為可以靠這樣捕獲敵將，但沒想到會如此順利。」

總之，看來札諾巴在水聖級魔術的暴風雨中，趁著那波混亂殺入敵陣，直指敵方首領並成功拿下。

這就是所謂的火中取栗。他做了豪賭，並取得了勝利。

利用我和洛琪希創造了機會，將自己辦得到的事執行到最大極限，在一場戰鬥就收穫了最大的成果。

「哎呀哎呀，不過聖級魔術這種東西，從遠處看和進入影響範圍裡面，還真是截然不同呢！」

「啊，喔喔……嗯，應該吧。」

背脊突然竄起了一股討厭的感覺。豪雷積層雲的範圍很廣。是用來將廣範圍的敵人一口氣收拾的魔術。該不會……

「那……那個啊，札諾巴……你應該沒有被劈到吧？像落雷之類的……」

「嗯…………」

札諾巴把手抵在下巴，擺出了沉思的動作。然後，以正經的表情這樣說道：

「……師傅，戰爭總是會伴隨著犧牲。」

劈到了。我或是洛琪希的「豪雷積層雲」發出的落雷。

劈到了曾在這座堡壘的某人。又或者是被暴風刮走，掉進了洞裡也說不定。

那個人或許是曾在旁邊吃飯的人。或許是受洛琪希指導魔術的人。

雖然和我的關係很薄弱，但是這幾天看過的臉孔裡面，已經有好幾個人不在了。

「之所以會造成犧牲，一切都是身為指揮官的本王子的責任。師傅毋須為此自責。」

就算你這麼說，我還是感覺自己犯下了非常嚴重的過錯。

「想必師傅也累了吧。請您今天就好好休息吧。」

札諾巴如此安撫我，並像是溫柔地撫摸似的輕輕拍了我的肩膀。

之後他帶著俘虜，向周圍的士兵下達各式各樣的指示，便消失在堡壘的深處。

我只能茫然地目送他離去。

無法再多說任何一句話。

「……」

啊，對了。我得防範死神的襲擊才行。

沒有時間讓我發呆。沒有時間讓我休息了。

待在「一式」的旁邊。為了敵人隨時出現都能做好準備。

那天晚上，襲擊者出現了。

但並不是死神，也不是為了暗殺我而來。是為了救出今天淪為人質的王族。

我沒有下殺手就解決了。因為他們很弱，我打暈之後，交給了堡壘的士兵。

之後會怎樣就與我無關了。

至少，煞車還有效。沒事的。我沒事的。雖然，我現在還不穩定，但至少可以踩煞車。

我能夠控制自己。所以沒問題的。

我如此告訴自己，就這樣過了一晚。死神並沒有出現。

也沒有人襲擊。

★★★

隔天早上，我拜託札諾巴讓我質詢人質。

就是那個北國的王族。

知道人神的存在嗎——否。

國內是否有發言類似擁有預知能力的傢伙——否。

那麼，你是如何在這麼短的時間聚集了五千名兵力進行侵略的——從幾年前就對西隆王國虎視眈眈。並非短期間聚集起來的。

換句話說，北國是清白的。和人神沒有關係。或者說，策動侵略西隆的契機或許是因人神而起……但可以確定這傢伙並不是使徒。

成為人質的這傢伙，只是個隨處可見的，普通的沒用指揮官。

死神沒有對我們出手。北國也是清白的。預測全盤落空。

好久沒有這種徹底做白工的感覺了。

果然是打從最基本的地方就搞錯了嗎？比方說，這次的事件，打從一開始就沒有什麼陷阱之類。豈只是陷阱，事件本身根本就與人神無關什麼的。

我如此思考，也持續保持警戒。雖然有一半已經領悟到這根本沒有意義，但還是得以防萬一。

就這樣過了十天之後……

狀況急轉直下。

第八話「緊急通知，札諾巴的真正用意」

戰鬥過後經過了十天。

札諾巴利用人質，對敵國提出了停戰協定的申請。儘管我並不清楚詳細內容，但據說在不久的將來，戰爭就會落幕。

同時也派出使者火速趕回王城。想必是要通報初戰勝利、獲得人質，以及申請停戰這些事項吧。儘管事後才徵求本國同意，但目前的西隆並沒有足以進行總體戰的本錢。如果帕庫斯不是真正的蠢蛋，自然不會多說什麼。不過，現在還沒有得到回應，確實讓人感到有些不安。

在堡壘內，至今依舊在熱烈地討論那場戰役。

像是我和洛琪希的魔術驚為天人，以及殺入敵陣的札諾巴戰鬥的英姿相當了得。

感覺他們還沉浸在那股興奮之中。

或許是歸功於我在戰鬥中大顯身手，再不然就是擊退襲擊者有功，士兵們對我的態度也軟化了許多。雖說一直以來他們對我的反應都不算失禮，但是表情都顯得很僵硬。不過，最近變得會朝我露出笑容，以開朗的表情向我搭話。

或許在他們心中，我已經從來歷不明的魔術師升格為戰友。

至少，沒有一個人因為被聖級魔術牽連而死的伙伴而責備我。

多虧他們表現的態度、洛琪希每天對我的心理輔導，再加上札諾巴的關心，讓我的精神狀態也得以恢復。逐漸能認為自己並非犯下錯事，或是做了壞事。

仔細想想，我煩惱過度了。

這裡是異世界。我是奧爾斯帝德的部下。我為了守護家人，與神為敵。我應該早就做好總有一天會面臨到這種狀況的心理準備。雖然是很容易動搖的覺悟，但我確實已經下定決心。

不過，今後就算有誰來拜託，我八成都不會再參加戰爭了吧。

該怎麼說呢……戰爭是別的世界。

而且，今後我對殺人這件事，大概也會控制在最低限度吧。

畢竟每次都要煩惱也很累人。能不殺的時候就不殺，就這樣決定了。要是每殺一次就得受到精神創傷而煩惱好幾天的話，根本不值得。

好，重新振作吧。在這十天裡，我明明保持警戒，卻什麼也沒發生。

我的魔力與精神狀態都已完全恢復，處於萬全的狀態。一式魔導鎧也放在身邊，警覺心也十分足夠。

如果要讓死神在現在的狀態襲擊我，倒不如在晉見的當下襲擊我還來得好些。

或許，這次的事件真的與人神無關。

就如同奧爾斯帝德所說的，這次事件是在那本日記上也會發生的事。就算我不在，札諾巴或許也會想辦法擺脫這樣的逆境，或者是因為某種理由而沒受到徵召。

看來是白忙一場了——還不能這麼說。因為札諾巴死去的可能性依舊存在。

總之，戰爭結束了。已經沒有對西隆王國虎視眈眈的敵國。

札諾巴應該也滿足了吧。努力說服他，再一起回夏利亞吧。

畢竟我不希望他留在帕庫斯身邊。

「嗯……！」

我在晨曦中伸著懶腰。

儘管不能保證這件事和人神無關，但既然到現在都沒出任何事，是陷阱的可能性應該是微乎其微。這樣想之後，我昨天久違地睡了個好覺。

我決定帶著幾分清爽的心情，前往附近的河川洗臉。

雖說用水魔術也可以……總之就是氣氛問題。

在河邊，堡壘的事兵們正三五成群地洗著臉或是刷著牙。

「啊，是魯迪烏斯大人！」

「感謝您每晚辛苦巡邏。」

「哎呀~原本我還以為那尊巨大的鋼鐵人偶肯定是札諾巴大人的興趣，沒想到是魔道具啊！」

我轉眼間就被包圍了。真是受歡迎啊。像這樣連續幾天都受到阿諛奉承，或許還是第一次。

話說回來，西隆的士兵除了戰鬥以外，全身上下都穿著淡褐色的上衣與短褲。不論男女都是如此。

順帶一提，在睡覺時似乎是不穿胸罩的，所以之前抱住我的弓兵小姐明顯看得到激凸部位。實在令人大飽眼福。

「正想說怎麼會聚集了這麼多人，原來是師傅啊。」

這時，札諾巴也來了。

這傢伙和士兵的打扮相同。或許是因為他身材瘦弱又沒有肌肉，看起來就像個尼特族。

「札諾巴大人！」

然而，士兵們一看到他便立刻跪在地上。

「免禮，繼續洗臉吧。」

「可……可是……」

「本王子和各位一樣，只是個剛起床的貪睡蟲罷了。基本上，穿著這樣的衣服還裝偉大也太不像話了。」

札諾巴一邊回應，同時打了個大呵欠。

札諾巴在這幾天，都忙著處理前幾天戰鬥之後的善後事宜。

我雖然不清楚詳情，可是一旦爆發大規模的戰鬥，自然會有各式各樣的麻煩事等著處理吧。

順帶一提，留在戰場上的屍體雖然就那樣置之不理，但這幾天裡不知從哪冒出了一群類似山賊的傢伙，把屍體的裝備脫下並燒掉屍體之後便揚長而去。

在紛爭地帶，似乎會出現專門幹這種勾當的傢伙。

感覺就像是職業級的「撿骨專家」。

我回想著這些事，同時和札諾巴一起跪在河川前面。

「……所以，停戰協定那邊進行得怎麼樣？感覺能順利簽下嗎？」

在說服之前，我決定先簡單試探一下。要是決定停戰的話，札諾巴也就不用繼續待在這種地方。

畢竟到時戰爭就結束了。

「是。昨天已經得到對方回應。雖說好像還在猶豫不決，但總之應該能簽下協定。這樣一來，起碼有三年都不會再攻過來吧。」

聽到札諾巴這番話，士兵們發出了「喔喔」的聲音。

啊，這個內容好像不該在這裡問他。

但既然是令人開心的消息，應該沒關係吧。

不過話又說回來，三年啊……

所謂的「起碼」，換個說法就是北國的畢斯塔在一敗塗地之後，依舊不肯放棄侵略的話。

就算因為這次慘敗導致現在的指揮官遭到罷免，又得派誰頂替這個位子？損失的兵力要從哪裡補充？姑且也締結了停戰協定，到時又得用什麼樣的正當理由來破壞？

這些要素環環相扣的情況下，起碼有三年。

所以，實際上應該會停戰更久。

「不過沒關係，要是有三年的話，也足夠讓我國重新整頓好體制。」

而且，只要有三年的時間，西隆王國也能再次養精蓄銳。

「那個帕庫斯王有辦法辦到嗎？」

「當然可以。」

札諾巴挺起胸膛如此回應。雖然我不清楚，但想必有什麼計策吧。

不論如何，這樣一來戰爭就結束了啊。真是平淡無奇。

「是嗎，要是能快點和平就好了呢。」

「是啊……」

札諾巴露出了像是開心，又像是悲傷的表情。也對，如果不是在戰爭時期，這傢伙就沒有辦法派上用場了嘛。

好啦，該怎麼說服他呢？

「札諾巴，這場戰爭結束之後，你打算怎麼辦？」

第二次試探。

不假思索地說出了很像幫他豎死旗的話。

如果他說會向戀人求婚之類的回答該怎麼辦？

要是他說連花束都已經買好了，就算是我也沒有成功保護他的自信。

「這個嘛，總之先回到王都，等待陛下下一步的指示吧。甚至有可能就這樣被配發到這個堡壘……」

「也就是說，你打算留在這個國家嗎？」

「……嗯？這是理所當然的啊？」

也對，說得也是。他的回答如我所料。

不過話又說回來，難道札諾巴已經不考慮回到魔法都市夏利亞了嗎？

魔導鎧尚未完成，自動人偶的研究也在途中停擺。就連和茱麗一起販賣人偶的計畫，也才總算站上起跑點而已。難道他對這些事情都沒有任何留戀嗎？

不，不可能沒有。

「札諾巴。」

「怎麼了嗎？」

「一旦締結停戰協定，要不要和我一起回魔法都市夏利亞，像之前那樣製作人偶呢？」

講得好像在跟他求婚一樣。我還沒買花啊。

不過也對，或許就算說是求婚也沒有影響。雖然並不是要跟他結婚，但這種說法就像是要他捨棄國家，選擇跟我走一樣。

札諾巴用被水沾濕的臉看著我。面無表情。

剛才為止的歡樂氣氛就彷彿騙人似的。

不妙。會被拒絕。失敗了。

沒有先營造氣氛，直接就跟他告白了。

這下完了。感覺會被甩。因為我是會看氣氛的男人，所以很清楚。啊嗚啊嗚。

「沒有，該怎麼說。我不是要你拋棄國家才這麼說的……嗯？」

這時，堡壘那邊突然傳來一陣騷動。

可以聽到馬匹喀剌剌奔跑的聲音。

這座堡壘沒有騎馬隊。是誰正騎著馬趕路嗎？

我如此心想並環視四周，然後發現一名騎士正繞著堡壘朝著這邊過來。

「嗯，會是首都來的使者嗎？」

聽到札諾巴這句話，我也挺起身子。

「十之八九，是帕庫斯派人送來了停戰協定的回文吧。」

「怎麼辦？萬一，上面寫著要把敵國消滅才能回國的話……」

「這個嘛，其實本王子認為只要有師傅在應該辦得到……」

我們開著這樣的玩笑並等待馬匹接近。當對方靠近之後，才發現坐在那匹馬上的人物有些面熟。那個人我也認識。

「金潔？」

金潔一臉激動地快馬加鞭衝了過來。想必是出了什麼事吧。

她一看到我們的身影，立刻將馬匹掉頭筆直地朝著這邊過來。士兵們見狀，為了保護我們圍成了一道人牆。

這時，札諾巴大喊：

「那是本王子的禁衛隊！把路讓開！」

聽到札諾巴這句話後，士兵們慌張地讓出了一條路。

札諾巴一走向前方，金潔就露出鬆了口氣的表情……渾身無力地從馬上滑落。

「金潔，出了什麼事！」

「呼……呼……」

儘管札諾巴將她扶了起來，金潔依舊虛弱地喘不過氣。

雖然沒有外傷，但看起來明顯疲憊不堪。恐怕她是連夜騎馬趕來的吧。

「王……王都拉塔基亞發生叛亂。前將軍杰伊德擁立第十一王子為王。率兵誓師起義，包圍了整座王城……！」

金潔拚命擠出這些話，然後就失去了意識。

「第十一王子？怎麼可能，西隆王室應該只有十名男性子嗣才對……金潔！快點把話說清楚……喂！」

「冷靜點，札諾巴。先讓她休息吧。」

我制止了使勁搖著金潔的札諾巴。

先把金潔送回房間再說。

第十一王子哈爾哈．西隆。

現年三歲，是前任帕爾登．西隆晚年所生的孩子。

母親是農家女兒，以她的身分，原本是不被允許與王族結婚。因此，哈爾哈的存在並未受到認可。表面上是以受到地方領主聘用為名義，獲贈了位於西隆王國偏遠地區的房子，和母親過著不為人知的生活。

知道其存在的人，可說是寥寥無幾。

只有前任國王帕爾登．西隆、負責準備房子的大臣，以及身為哈爾哈母親的親哥哥——杰伊德將軍。

其中兩人，已由於帕庫斯的大肅清而成為故人。

剩下的只有杰伊德將軍。他宣誓效忠前任國王。這是因為杰伊德雖為農民出身，但前任國王看出了他出類拔萃的用兵才能，不顧眾人反對將他提拔到將軍的地位。

拜杰伊德成為將軍所賜，家人總算不用再忍飢挨餓，從此過著豐衣足食的生活。

這是莫大的恩情。

當國王看上其中一位妹妹時之所以雙手奉上，也是為了報答這份恩情。

政變爆發時，杰伊德正駐紮在卡隆堡壘。

據說，當時卡隆堡壘有將近千名士兵。杰伊德率領了其中五百名前往首都拉塔基亞。然而，當他抵達時已來遲一步，等著他的是國王駕崩，王族也全遭趕盡殺絕的消息。

當時防衛首都的兵力有兩千。

杰伊德的士兵在行軍途中與地方領主的援軍會合，壯大到一千五百名。

儘管數量輸人，但由擅長用兵的杰伊德帶兵，這場戰鬥便有勝算。

但是，杰伊德並沒有開戰。

這是因為杰伊德軍的內部分成了兩派。

不認同帕庫斯為王試圖一戰的人；認同帕庫斯為王打算歸順他的人。

看到四分五裂的貴族，杰伊德領悟到此戰沒有勝算。

於是他向帕庫斯投降，示出恭順之意。

當然，杰伊德之所以會採取這樣的行動其實另有目的。因為他掌握到一個消息，就是自己妹妹的小孩，第十一王子哈爾哈・西隆尚在人世。

現在要忍耐。要打著哈爾哈的旗幟，一雪已故前王的遺憾。他如此發誓。

之後，杰伊德開始在臺面下行動。

他在暗地裡聚集對帕庫斯的統治不滿的人藉此增強戰力、搜索第十一王子、事先說服好地方貴族……於是他順利地組織了叛亂軍，引頸期盼起義時刻到來的那天。

勝券在握。

於是，機會來臨了。

帕庫斯察覺到北國有侵略的跡象，為了迎擊他們開始將兵力派往北方重地。

由於政變與杰伊德的挖角，導致西隆王國的兵力確實下滑。王龍王國也沒有派遣援軍。西隆與北國的戰爭勢必會屈居劣勢。一旦易守難攻的卡隆堡壘被敵軍突破，帕庫斯也不得不把珍藏的祕密武器「死神」送往北方。這樣一來，就算兵力稀少也能殺死帕庫斯……杰伊德是這麼打算的。

而他的誤算，就是第三王子札諾巴．西隆回國一事。

而且，他還帶著從前的宮廷魔術師洛琪希．米格路迪亞，以及據說在阿斯拉王國打倒北帝奧貝爾與水神列妲的魯迪烏斯．格雷拉特一同歸來。

假如說，札諾巴是為了討伐帕庫斯才回來的話，杰伊德也有和札諾巴接觸的打算。但是，札諾巴卻歸順了帕庫斯，前往卡隆堡壘。

杰伊德的計畫被打亂了。

卡隆堡壘以史詩級勝利擊退了敵軍，「死神」並沒有出征。

現在下滑的兵力也總有一天會恢復。雖然不清楚正往北方集結的戰力會如何安排，但很有可能會調回首都附近。

札諾巴、魯迪烏斯以及洛琪希。要是這三人回來的話，根本不可能打倒帕庫斯。已經不會再有下次機會了。

杰伊德想到這裡，決定發動政變。

他召集了事先準備好的兵力，占領首都，包圍了王城。

以上，就是在抵達後過了幾個小時才清醒的金潔所敘述的，關於這次事件的來龍去脈。

金潔當時雖然待在鎮上，但她趁著叛亂發生時趁亂逃出了首都。

然後就這樣一路趕到了札諾巴身邊。

「當我離開首都時，國王正以僅有的兵力據守在城內……但是我也不清楚目前的詳細狀況。」

金潔以冷靜的聲音這樣做出總結。

看樣子，帕庫斯似乎正堅守在城內。發生叛亂之後已過了好幾天。就算帕庫斯已死，王城遭到占領也很正常。

不過，為什麼他要守在城內？他的兵力之中包含了「死神」。只要他有心想逃，要從包圍網殺出一條血路應該也是輕而易舉才對啊。

搞不懂的事情還很多。

現在，必須要先慎重地整理狀——

「是嗎，那麼就儘快趕回首都吧。」

札諾巴用像是要去一趟便利商店般的口氣這麼說完，然後挺起身子。

金潔看到他的表情原本還鬆了口氣，但聽到下一句話後，表情頓時僵住。

「假如殿下已順利逃脫，便將他帶來這座卡隆堡壘加以保護；假使他因為某種緣故而無法逃脫，我們就從只有王族知曉的祕道侵入，拯救陛下。」

金潔立刻起身。

「請……請等一下！」

她以激動表情抓住札諾巴的手留住他。

和那樣的她相反，札諾巴以一副就像是在表示「交給我吧」的表情說道：

「沒事，毋須擔心。金潔，妳就在這好好調養身體吧。」

「難道您要站在帕庫斯王那邊嗎！」

金潔以難以置信的語氣這樣說道。

札諾巴回頭望向金潔，擺出了「妳在說什麼啊」的臉。

「這不是理所當然嗎？基本上，本王子根本沒見過第十一王子，別說是長相，根本就不知有這孩子出生。甚至就連他是否真的繼承了父王的血脈也令人存疑。」

有道理。厭惡帕庫斯的杰伊德將軍，確實有可能捏造出一個傀儡。

只要妹妹被國王染指的這件事屬實，要怎麼穿鑿附會都不成問題。

但是，金潔的眉毛歪成了八字。一臉無法理解的表情。

「站在帕庫斯王那邊，幫助他，在那之後您打算怎麼做？」

「在那之後的事情，當然是交給陛下裁示。假使他要求本王子鎮壓叛亂軍，本王子也會照做。」

「怎麼會……您打算要幫助那種人嗎！」

札諾巴挑了一下眉毛。是憤怒的表情。

「那種人？金潔，妳這傢伙，知道自己是在跟誰說話嗎？」

「屬下明白這是不敬。但是，札諾巴大人，難道您已經不記得帕庫斯王子之前做過什麼了嗎？」

「那妳倒是說他做了什麼啊！」

「因為，我的家人，被他當作人質啊！」

札諾巴的眉毛抽動了一下。

聽她這麼一說，的確有過那種事。

由於是很久以前的事都快給忘了，但對當事者而言想必是忘也忘不了的經歷吧。因為遭到欺負的一方，總是難以忘記事實。要是莉莉雅與愛夏在場，想必也會和她說一樣的話吧。

「我曾是帕庫斯王的禁衛隊，但他卻將我的家人當成人質，要我對他言聽計從，我不認為那樣的國王有值得守護的價值！」

這句話真想讓前世江戶時代的將軍聽聽啊。

不過我記得在這個國家，禁衛隊應該是展現王族實力的一種指標。

禁衛隊的人數愈多，王位繼承權的順位就愈高，我記得應該是這種制度。

所以，禁衛隊並非單純只是部下。

「嗯，那麼金潔啊。本王子反過來問妳……為什麼妳要保護我札諾巴．西隆？」

「那是……」

「本王子過去曾把妳賣了。這實在不是一名有價值的王族該有的行為。那麼，為何妳還願意追隨本王子？」

金潔的家人之所以會被當成人質，我記得是因為札諾巴想要帕庫斯買下的洛琪希人偶，所以才會把金潔賣掉跟他交換。

為什麼這個人還會追隨著札諾巴啊……

啊，好像是因為札諾巴的母親對她有恩來著？

「那是，因為札諾巴大人，其實是個很賢明的人……」

然而，金潔卻沒有那麼說。也對，畢竟現在是在談論作為王族的價值嘛。自然不可能回答說，是因為母親有交待所以才保護你。

「雖然看起來那樣，但帕庫斯不也是個機靈的男人嗎？」

「帕庫斯殿下是『機靈』，但並非『賢明』。要是不考慮後果，只順著自己的慾望行事，只不過是個愚蠢之徒……」

「本王子也是如此，是個對人偶痴狂的愚蠢之徒。這和帕庫斯又有什麼區別？」

「並不是這樣。」

金潔維持下跪的姿勢，抬頭仰望札諾巴。

「札諾巴大人是神子。您是考慮到若是賢明又有強大力量，就有惹來殺身之禍的可能性，才刻意裝成愚笨的樣子……沒錯吧？」

札諾巴偶爾會說出很深奧的話。不僅解讀了內容複雜的自動人偶古文書，也製造了魔導鎧。

這次也是立刻就判斷出狀況，快速地掌握戰局。非常有遠見。

就算說他是刻意裝笨，也有本錢讓人認為說不定是那樣。

不過，他喜歡人偶是出自真心，不可能會是演技。

他只不過是不在人前積極地表現出賢明的一面而已。

「本王子生來就很愚蠢。只不過是想做自己喜歡的事情罷了。」

「那麼，我們回去吧。如果是在魔法都市夏利亞，札諾巴大人到死為止都能做著自己喜歡的事。」

「不成。就是要受到操控，人偶才會開始動作。」

「為什……麼……」

金潔這時朝我這邊看了過來。

那眼神就像是在表示「請你也說些什麼吧」。

沒錯，我認為帕庫斯做的事確實不可原諒。他抓住了莉莉雅和愛夏，並利用她們引我上鉤，還策劃把洛琪希當作性奴隸。更何況，他甚至還打過莉莉雅。

雖說當時沒有為了這件事而震怒，但現在回想起來實在令人怒不可遏。

「是說，札諾巴，我也反對。」

「師傅……」

「確實，帕庫斯去了王龍王國之後或許是有些改變。但是帕庫斯並不是值得你賭上性命服侍的對象。」

札諾巴板著一張臉，重新面向我。

「怎麼連師傅都在說這種話？之前也說過了，本王子歸國家所有。國家即是國王。既然國王陷入危機，拯救他便是……」

「『與他國的戰爭是本王子的義務。國家就是為此讓本王子活下來，為此容忍本王子為所欲為』。你的確是這麼說過吧？」

札諾巴抿緊雙唇。他說的每句話我記得一字不差。

「國王什麼的，是帕庫斯也好，是那個第十一王子也罷，對你來說都無所謂吧？你的工作並不是協調王族間的紛爭。而且，一旦締結停戰協定，與北國的戰爭就會結束。你也出色地完成了義務。不是嗎？」

「師傅……」

「應該可以結束了吧？雖然不能講得太明目張膽，但移動也不會花上那麼多時間。平常就在夏利亞生活，只有在即將發生戰爭時才回到這裡，這種方法應該也可行吧？」

「唔嗯……」

札諾巴把手抵在下巴，並仰望天空。

他擺出像是在思考什麼的動作後靜止了一段時間，然後望向這邊。

「雖然是很有魅力的提案……但是辦不到。」

「為什麼啊？」

我必須冷靜。說服別人時必須要冷靜。就算大呼小叫，對方的意見也不會因此改變。

我很清楚自己的理論有漏洞。

就算完成自己的工作，也不可能說一聲再見就拍拍屁股走人。我也很清楚像這次一樣只在戰爭時才擺出指揮官架子會有壞處。

我懂。我懂的。

但是，就算說這種藉口，回到自己的舒適圈又有什麼關係。

「把理由，告訴我吧。」

「這個嘛……其實連本王子自己也不是很清楚。」

你自己也不知道嗎！

不對，冷靜點。我要有耐心，要堅持下去。札諾巴肯定只是對某件事很堅持己見。我要保持耐心好好問出那件事，再加以化解。

「札諾巴。帕庫斯應該很害怕你才對。」

「是這樣嗎？」

「因為就是這樣啊。畢竟那傢伙把其他王族都殺了啊。」

就算他沒有對札諾巴懷恨在心，但應該也會感到內疚。

要是有罪惡感的話，自然會變得疑神疑鬼。

「就算你去救他，他也有可能懷疑你來的目的而派出死神對付你。」

「……」

「救了之後也是一樣。就算你再怎麼想救帕庫斯，他應該也不會打從心底信賴你。他總有一天，會因為某個契機，找個適當的理由藉此殺了你。你不應該待在那種地方。」

札諾巴不發一語。只是面無表情地看著我。

「你之前曾經說過，如果國家要你死的話就只能一死對吧。因為你是為了戰爭才被允許活到今天，所以要是死於戰爭我可以理解。但是，如果是因為帕庫斯的猜忌而被殺的話，那也太奇怪了吧。因為，這樣對國家來說根本沒有任何貢獻不是嗎？」

「……」

札諾巴閉上雙眼，沉默不語。

就像是在反覆咀嚼我這番話般，緩緩地吸了一口氣。

當他緩緩地把氣吐出來時，半睜著眼這樣說道：

「就算是那樣的人，也是本王子的弟弟……最後的骨肉啊。」

弟弟。骨肉。聽到這些詞彙，一句便讓我啞口無言。

太狡猾了。要是被這麼回應的話，我當然無話可說。

然而即使如此，札諾巴依然繼續說下去。

「對目前為止，從來沒說過這種話的本王子來說，師傅或許會覺得事到如今才說這些有什麼用……不過，帕庫斯是本王子的弟弟。」

札諾巴目不轉睛地凝視著半空。

他臉上表情不帶有一絲色彩。

沒有那個誇張的肢體動作、叫聲、笑聲。

今天的札諾巴，只是筆直地看著我。

「唉……」

我不由得嘆了口氣。如果這就是札諾巴的交涉技巧，必須說確實很了不起。既然他都說是為了弟弟，為了家人的話，我自然無法強烈反對。可以理解札諾巴為什麼會如此堅持的理由。

如果是我的話……

比方說，愛夏殺害了諾倫，或者說立場相反的話，我應該會先勸戒這樣的行動。

我肯定不會原諒動手的人。不過，如果……我和其中一方，或者是雙方的關係都極端淺薄的話。

如果活下來的那一方，是遭到某種巨大的力量而被命運作弄的話。

就算採取了錯誤的行動，也依舊試圖往前邁進的話。

我就算會規勸，也會去協助她吧。

「我明白了。」

札諾巴已經不打算再回到我們身邊了。

我明白了這一點。

因為是弟弟才這麼做，我不確定這個說法的真假。不過，他用骨肉當作擋箭牌對我說了這番話。想必他已經不打算扭曲自己的想法了吧。

抱歉，克里夫、茱麗。

看樣子，我實在沒辦法把札諾巴帶回去。

我所能做的，頂多是在札諾巴與帕庫斯建立信賴關係之前，守護著札諾巴，在旁邊協助他而已。

「老實說，我原本打算即使哭著下跪也要帶你回去，但既然你心意已決，我就再稍微奉陪一陣子吧。」

「感激不盡。若是師傅哭著哀求，本王子的決心肯定也會動搖吧。」

「是嗎？那要是一開始就那麼做就好了。」

「您真會說笑。」

我和札諾巴無聲地笑了。

克里夫的話，只要講一聲就會明白吧。茱麗……就聽聽她的意願，若是她想跟在札諾巴身邊，再把她送來吧。只不過這下子瑞傑路德人偶的計畫就要變回白紙了。明明好不容易獲得了佩爾基烏斯的許可，得到了愛麗兒的協助，讓愛夏那邊去幫忙尋找人才了說……

畢竟耗費了漫長歲月一路準備到今天，這樣的結果更是讓人感到失落。

不過沒關係。既然札諾巴是為了家人，這也沒有辦法。

帕庫斯和札諾巴……嗯，以現在來說，兩人的關係絕對稱不上融洽。

但是關係什麼的，只要從現在開始建立就好。

對以前的事道歉，原諒對方，獲得對方原諒。只要花費漫長時間，慢慢地培養彼此的關係就好。因為錯誤是能夠彌補的。

我認為帕庫斯是討人厭的傢伙。不過，他應該也會改變才對。現在和以前相比就有了些許變化。

沒有永遠不會改變的人。
「怎麼會……」
金潔臉色蒼白。
話說回來，她還沒有看過當上國王後的帕庫斯。在她心中，帕庫斯或許還是以前那個調調。依然是那個討人厭的，從前的帕庫斯。
「金潔小姐，不好意思。既然事情變成這樣，我選擇尊重札諾巴的心情。」
不過，既然演變成這種狀況，想來帕庫斯也無法繼續以王的身分自居。
總而言之，不去帕庫斯那邊確認狀況的話，事情就沒辦法有進展。
如果說我們是去幫他的，搞不好帕庫斯也會對札諾巴另眼相看。
「就是這麼一回事，金潔啊。要給妳添麻煩了。」
札諾巴把手輕輕地放到金潔的肩上，然後從她的身旁走過。
「啊，請……請等一下！」
金潔像是翻滾般地下床。
她沒有順勢站起，而是抱住札諾巴的腳。
金潔以激動的神情懇求著札諾巴。
「我明白自己無法阻止札諾巴大人。但一個就好，請您至少答應我一個請求！」
「說來聽聽。」

「萬一，國王……帕庫斯王要札諾巴大人去死，也請您不要死！」

這句話沒有經過修飾，應該是反射性地說的話吧。

但是，能感受到金潔的願望。她希望札諾巴活下來。僅此而已。

就只是這樣而已。

「嗯，但這樣的話……」

「我明白了。金潔小姐。我絕對會讓札諾巴活著回來。」

我代替札諾巴做出回應。不管札諾巴對帕庫斯感到多麼愧疚，要是死了豈不是賠了夫人又折兵。萬一他們的感情真的很惡劣，沒有任何挽救餘地的話，就由我負起責任，帶札諾巴回來吧。

畢竟我之所以跟在札諾巴身邊，打從一開始就是為了這個目的。

貫徹始終。只有這點絕對不能忘記。

「謝謝您。魯迪烏斯大人。您的恩情我永生難忘……」

金潔對著我深深地低下頭。

第九話「前往帕庫斯身邊」

我用魔導鎧作為移動手段。

畢竟要把組裝好的魔導鎧重新搬運回去也很費事，既然會在王都進行戰鬥，我判斷還是直接帶過去比較好。雖然移動時所消耗的魔力讓人不放心，但就睜一隻眼閉一隻眼吧。

至於我以外的成員的移動方法，也考慮過乘在魔導鎧的肩上一起衝回本國，但那樣不僅會劇烈搖晃，坐起來也極端不適。考慮到並非一天就走得完的距離，還是另外安排能乘坐的地方比較妥當。

因此，我們選用了馬車。為了避免翻車，我用土魔術在馬車的貨架上加裝了穩定裝置，再和魔導鎧連結在一起，以拖曳方式移動。

不過，我的苦心到頭來依然是白費功夫。

抵達王都時，札諾巴一直狂吐不停，洛琪希也一臉鐵青地摀住嘴巴。

因為依舊無法改變坐起來極為不適的事實，今後還是少用這種方式移動好了。

不過，我們五天就順利抵達王都。

不清楚我身上殘留的魔力還剩下多少。但從身體會感到些許疲憊這點來看，肯定沒有完全恢復。由於並沒有消耗在戰鬥上，我想應該還綽有餘裕。

這次，我們要去幫助帕庫斯。雖然我認為死神是自己人，但不清楚會發生什麼狀況。

還是保持警戒吧。

王都拉塔基亞已遭到封鎖。

入口大門深鎖，城牆上方站著疑似叛亂軍的士兵。

城牆外面，則有許多人因為城門封閉而感到不知所措。

商人、冒險者以及傭兵，而且還有本國的士兵在此搭起了帳篷。

他們這些人可能來自其他城鎮，又或者是在起義時擔任外側警備工作吧。

「看來直到事情了結之前，對方不打算讓任何人進去妨礙呢。」

「表示帕庫斯目前還活著嗎？」

自從政變爆發後過了十天左右，王城似乎還沒有遭到攻陷。

雖然不知道雙方的戰力差距到什麼程度，但撐得意外地久呢。也對，畢竟有七大列強坐鎮，想來也是應該。再不然就是帕庫斯其實已經死了，可能是因為其它理由而鎖起大門。

我們以不被他們發現為前提移動。一旦被人認出札諾巴是王子的話勢必會引起騷動，那樣一來也會被杰伊德將軍底下的士兵發現。考慮到對方認為札諾巴站在帕庫斯這邊，還是別被發現比較妥當。

雖說也有想過從正面殺入敵陣，但最後還是作罷。

「……師傅，祕密通道位於河川旁邊。」

我們順著札諾巴這句話，沿著無人的河邊前進。

河邊相當閑靜。

魚群在平緩的水流中閃閃發光，猶如鴨子般的鳥類在水面上游泳。是幅無法想像旁邊正身處戰火之中的景緻。真不知戰爭與和平的界線究竟在哪。

「就是那個。」

我們沿著河邊移動之後，發現了一間水車小屋。

我在那關掉了魔導鎧的動力。

「在水車小屋的某處，應該有通往地下的通道。」

札諾巴的聲音聽起來很有精神，但臉色卻很蒼白。

暈車雖然可以靠治癒魔術暫時緩解不舒服的感覺，但無法連流失的體力一併恢復。

「是不是稍微休息一會比較好？」

「不，現在說不定正處於刻不容緩的狀況。立刻衝進祕道吧。」

無法得知王城裡面處於什麼狀況。

這個水車小屋或許會成為最後的休息站。

如果要穿過地下通道的話，應該也沒辦法用「一式」了吧。希望能盡可能做好萬全準備。

儘管魔力沒辦法完全恢復，但至少也要先恢復札諾巴與洛琪希的體力。

「札諾巴，冷靜點。我們最好先暫時在這裡休息，調整好呼吸。畢竟你和洛琪希的臉色都很差，而且我也想恢復魔力。」

「唔……」

「有句俗說說，欲速則不達。」

「雖然沒聽過這句話……明白了。」

札諾巴勉為其難地點頭同意。

太好了。畢竟疲勞可是會導致身體在緊要關頭變遲鈍。

「在那之前，還是先確認一下這裡是否真的有通道吧。」

「喔喔，的確。」

因為洛琪希這句話，我們確認了水車小屋內部。

水車小屋裡面堆滿了木箱以及木桶。就像是儲藏室一樣。我和札諾巴一邊把那些東西移開，一邊來回敲打地板以及牆壁。

於是，就像是被隱藏在木箱底部那般，在水車小屋的角落發現了那個。

是金屬製的板子。也可以說是門，但沒看到類似門把的物體。

「就是這個嗎？」

「不，先別驚慌。說不定是倉庫還是其他東西。」

我脫口說出自己想都沒想過的事情，同時調查這扇門。

沒有類似鑰匙孔或是門把的物品。該怎麼樣打開才好？

既然是逃脫用的通道，就算設計成從外側無法進入的話也很正常。想必是以從內側推開為前提設計的吧。

「札諾巴，把這撬開。」

「哼！」

札諾巴用蠻力把金屬板扳開後，下方出現了縱向洞穴，可以看到一座梯子。

我用火魔術照亮裡面，然後在大約數公尺下方看到了底部。也順便發現有個往首都方向延伸過去的橫向洞穴。但是，依然不能否定是地下儲藏庫的可能性。

我姑且下去查看之後，試著照亮了橫向洞穴的深處。

前方深處並沒有擺放任何東西。只有一條無限延伸的狹窄通道。

看起來實在不可能是地板底下的收納空間。

「覺得如何？」

「應該沒錯。」

「那麼，我們就休息吧。」

「嗯。」

★　★　★

休息了大約三小時左右之後，我回了馬車一趟，換上了二式改魔導鎧。

照那個洞穴的大小來看，一式沒辦法通過。

就算是二式改，只要不與七大列強戰鬥，應該也能充分發揮它的性能，但是一想到這條通道的前方有「死神」等著，依然會稍稍感到不安。

話雖如此，如果要勉強穿一式過去，就有可能得從正面突破城牆。那麼做是也未嘗不可啦，但至少札諾巴不會希望我這麼做。

通道狹窄到僅能勉強讓人擦肩而過，也沒有任何用來照明的道具。

因此我使用燈之精靈的捲軸照亮周圍。

通道昏暗，而且空無一物。會讓人覺得是單純為了移動所打造的路。

我們以札諾巴、我，再來是洛琪希的順序在通道移動。

「在狹窄的通道移動，會讓我想起討厭的回憶。」

洛琪希在後面喃喃自語。

雖然我試圖回應，卻想不到適當的話語，因此只輕聲地回了一句「這樣啊」便結束了這個話題。後來，每個人都默不吭聲地在陰暗的通道中移動。

大約走了一個小時左右吧。

通道的盡頭出現了一道門。

那道門就像是一整片金屬板，沒有門把。和在水車小屋看到的那個十分相像。果然也是只能從另一邊打開吧。

「唔！」

札諾巴將指尖插進門與牆壁之間的隙縫，像是用扯的那樣把門給打開了。
幸好有讓他走在前面。
「喔……這是……」
可是，打開門之後，札諾巴發出了難以理解的聲音。
我想說出了什麼事而窺視前方，發現通道被類似沙土的東西掩埋了起來。此路不通。
不過，在路上也沒有類似岔路的地方。也就是說……
「是因為地震崩塌了嗎……也有可能是因為杰伊德將軍知道這個祕道的存在，事先把出口封起來了吧。」
洛琪希從旁解說。
嗯，應該八九不離十吧。
也有可能是帕庫斯在發動政變時摧毀了這裡。不管怎樣，這樣一來也搞清楚帕庫斯之所以沒有逃走的理由之一了。
「師傅，您有辦法處理這層沙土嗎？」
「……好吧，我試試看。」
我和札諾巴交換位置。
別看我這樣，事務所地下的巢穴可不是白挖的喔。控制沙土對我來說是駕輕就熟。
一邊把周圍的牆壁以及天花板用魔術固定，同時壓縮泥土來減少體積。就像是用岩石做出導管那種感覺。雖說這次是臨時湊合著用，依然得確保不會崩塌的強度。關於這部分的魔力控制也已經很習慣了。

大約經過一個小時左右，傳出了土石鬆動的聲音。開出了一條道路。

以距離來說頂多五公尺左右吧。說長不長，說短不短。

至少要是不靠魔術來挖掘，勢必得耗費驚人的時間與勞力。

後來又經過了一個小時。

我們總共花了大約四個小時移動。正當不習慣步行的札諾巴開始露出疲態的時候，我們總算抵達了出口。

最先映入眼簾的，是個疑似地下室的場所。

寬度大約三坪大。天花板與牆壁以石材整齊地堆砌而成。牆壁上還掛著類似燭台的物品。

接著，在房間一隅有往上的樓梯。

在這樣的房間角落有道暗門。

我立刻發現這裡就是西隆王國的王城。

畢竟這房間我有印象。應該說之前曾在這住過一陣子。

「……札諾巴，這裡該不會是……」

「嗯，是本王子與師傅初次相遇的場所呢。」

回憶中的場所……用這種講法聽起來似乎很美，但就是我遭到帕庫斯欺騙被關進結界的地方。

以前還以為這房間空無一物，原來是用來逃脫的地方啊。

怪不得會有莫名其妙的機關，還有魔法陣用的裝置什麼的。

雖然現在好像已經沒有結界了……

「真懷念啊。在與那尊人偶的製作者相遇時，本王子還深信不疑，認為今天這個日子就是人生的最高峰。作夢也沒想到之後竟然還會有更加幸福的每一天。」

「待會兒再沉浸在感傷裡面吧。」

札諾巴說著跟紀錄片節目的訪談沒兩樣的台詞，我催促他繼續前進。

我們爬上樓梯，移動到走廊。

城內鴉雀無聲。在穿越地下通道時太陽好像已經下山，窗外一片昏暗。

或許是因為女僕們也不在了吧，走廊沒有任何照明設備。

這股寂靜猶如深夜的醫院。帕庫斯的部下應該是聚集在外面吧。

「帕庫斯會在哪呢？」

「恐怕是在父王的房間吧。」

父王的房間……也就是國王陛下的寢室嗎？

札諾巴就這樣走在前方帶著我們移動。雖然是自己瞭若指掌的家中，但他似乎沒有特別感到懷念，走路時專心地盯著前方。

我們默默地跟在他的後面。

「……啊。」

洛琪希突然停下腳步。

在某間房間前面突如其來地這麼做。

「怎麼了嗎？」

「沒有，我只是想到以前授予我的房間就是這裡。」

那房間的門是開著的。

裡面沒有任何人。只有平凡無奇的床以及桌子。

想必房間的主人是慌張逃跑的吧。床凌亂不堪，桌子和地板也亂七八糟。

在洛琪希離開之後，應該有轉交給別人使用吧。感到一股莫名的生活感。

雖然現在是其他人的房間，但洛琪希一想到以前也曾住過這裡，難免會湧起一陣莫名的感慨吧。

就像我在艾莉絲那邊擔任家庭教師時住的地方嗎……

「師傅、洛琪希小姐，怎麼了嗎？」

「不，洛琪希看到自己以前的房間後覺得有點感傷……」

「不是才剛說等之後再感傷的嗎……」

札諾巴露出不以為然的表情走回來。接著看著房間「嗯」了一聲，再望向洛琪希。

「洛琪希小姐使用過的房間，應該是隔壁那間啊。」

「咦？」

洛琪希一臉驚慌地打開了隔壁房間的門。

然後，對比了一下剛才所看的房間，並環視走廊，然後像是注意到什麼似的滿臉通紅。

「太……太暗所以搞錯了。」

該死的札諾巴。

竟然害洛琪希丟臉，到底在想什麼啊這傢伙！只要洛琪希說是黑色，就算是白色物體也跟黑暗物質同義啊！

「師傅，您為何要踩本王子的腳？」

「因為腳稍微滑了一下。」

「本王子明白師傅有多麼敬愛洛琪希小姐，但是看著不對的地方傷感也沒有意義啊……」

確實是這樣。

我就饒過你的腳吧。

不過呢，聽到洛琪希曾在這一帶生活，實在令人感慨萬千。

要是當初沒有發生轉移事件，洛琪希會不會就這樣定居在西隆王國呢？

「我們快趕路吧。」

聽到洛琪希這句話後，我們離開了現場。

結果我們在城裡沒遇上任何人。

沒有人在。不知為何誰都不在。或許是因為這樣，札諾巴變得莫名聒噪。

「這座城的正面玄關位於二樓。外來賓客全都是從二樓進城。三樓則設有內政用的——」

他以平淡的語氣介紹這座城。

一樓是士兵與傭人的生活區域。

二樓有大廳和晉見之間與客房之類的各種外交用設施。

三樓是會議室與值勤室這類的各種內政用設施，也有一路延伸到防衛用的城牆、主塔的走廊等等。

四樓是王子及公主的居住區。也包含禁衛隊的辦公室。

然後，五樓是國王的寢室。

不過，不管一樓、二樓甚至是三樓……都是空無一人。

我爬上四樓時看了一下窗外。可以知道王城周圍燃燒著篝火，叛亂軍正包圍著這裡。

但是，沒有發現帕庫斯部下的身影。也沒有正在戰鬥的氣息。

看不見任何人影。感覺並非只是因為太暗而看不清楚。

而是這座城堡根本沒人。

「……」

札諾巴似乎也察覺到這異樣的狀況，當我們走上四樓時便猛然停止了對話。

他的表情也顯得很僵硬。

這座城裡肯定出了什麼事。我確切地有了這樣的預感，同時走上最後的樓梯。

再來是五樓。位於建築物最頂層的這裡可說是天守閣。

此處設有國王的寢室，在價值與格式方面，是這國家最貴也最高的房間。

「…………」

而在入口處，門的前方——那傢伙就在那裡。

死神藍道夫．馬利安。

門口不知為何擺了一張椅子，他像是在休息似的以前傾姿勢坐著。手肘放在膝蓋上，手掌在身前交握，微微歪著脖子。單眼被眼罩遮住，以活像骷髏的臉龐朝向這邊。

「為什麼，這個國家的國王，要把寢室蓋在這麼高的地方呢？」

他一看到我們，就突然說出了這種話。

「把寢室蓋在這種地方，分明只是自找麻煩。若是要處理政務，每次下樓肯定也很麻煩。要送伙食也是，從一樓的廚房端到這裡來，想必也多少會涼掉。要是上了年紀腰腿無力的話，爬上爬下也得費一番工夫。一旦發生火災什麼的，說不定還會來不及逃跑呢。」

他歪著憔悴的臉龐，在望著這邊的同時喃喃自語。

雖然姿勢看起來就像是個一般的倦怠老伯，但不知為何背脊卻感到一陣發麻。

「是我的話，就會蓋在一樓。這樣就能俐落地處理政務，也能吃到熱騰騰的料理。要出門去哪也很簡單……不過會這麼想，也是因為我是平民吧。」

藍道夫滔滔不絕地說著話，同時咿嘻嘻地笑了。

那張猶如骷髏頭的笑容，讓洛琪希不禁嚥下了口水。

「不過，確實也有優點喔。一旦得像這樣據守在城裡，這裡就是最為安全的。畢竟這座城堡用了大量的抗魔磚打造，對於防禦遠方而來的魔術有卓越的效果。各個樓層也設有防衛據點，要攻上頂層絕非易事。所以這裡，是作戰時用的城堡呢。」

藍道夫到底想說什麼？

他只是單純坐在那裡。是不是直接從他身旁走過也行？不過老實說，我根本不想靠近這傢伙一步。

「藍道夫先生。」

當我在迷惘的時候，札諾巴毫不猶豫地走向前方。

藍道夫依舊沒改變這不敬的姿勢，朝札諾巴投以微笑。

在暗夜中微笑的骸骨。令人很不舒服。

「您似乎氣色頗佳，札諾巴殿下。專程來到這種地方，請問有何指教？」

「關於這座城的狀況，你知道些什麼嗎？」

「是的，當然，我當然知道。」

藍道夫一邊這樣回應，一邊拿下了眼罩。出現的是散發著詭異紅光的瞳眸。瞳眸的部分，浮現著猶如星星的圖案。

是魔眼。

「我奉陛下指示，使用這『空絕眼』的力量，在王城周邊張開了屏障。歸功於這股力量，敵軍目前仍是一籌莫展。」

是我不知道的魔眼。奧爾斯帝德並沒有提及有關這個魔眼的存在。

那個人老是不告訴我重要的情報。不過，既然他戴著眼罩，意思是他沒有辦法控制嘍？不用提醒我留意也沒關係？

「原來如此。其他人呢？」

「每個人不是被殺，就是逃之夭夭。」

「……那麼，陛下人在何處？」

「在這裡面。」

「這樣啊，嗯，守護陛下，辛苦你了。」

札諾巴這樣說著，同時試圖從藍道夫身旁過去。

但是，藍道夫卻攤開交握的雙手，阻止他的行動。

「為何阻止本王子？」

「陛下有令，不准讓任何人通過。」

「但是本王子有急事稟報。」

「就算是急事也一樣，陛下現在非常忙碌。」

他說很忙，是在搞什麼啊？在這種地方又沒有部下，還有什麼好忙的？

「快讓開。本王子，是為了拯救陛下而來。」

「陛下似乎沒有離開這座城的打算。」

「……」

態度模糊不清。

藍道夫簡直像是在隱瞞什麼似的持續這番問答，似乎讓札諾巴也焦躁了起來。

「本王子要直接和陛下談話！」

當札諾巴打算蠻橫地走向前方時，藍道夫挺起身子。

看起來十分輕盈。

彷彿只有臉飄浮在半空中似的，是種毫無存在感的起身方式。

「哎呀，請等一下。陛下現在正感到非常心痛。」

「心痛？」

「從這裡可以清～楚地看到城堡下方的狀況。既能看見在城牆內側露出敵意瞪視這邊的士兵，也能看見慢慢聚集在城牆外側的士兵，絲毫不打算拯救國王，只是靜靜在那觀望……」

藍道夫這樣說著，同時把視線移向我們的身後。

我不假思索地回頭望去，的確，從樓梯平台上的巨大窗戶另一側，清楚地映出目前首都的狀況。

包圍王城的叛亂軍，以及駐紮在城牆外側，被擋在門外的士兵。的確，從這裡往外看的話，看起來或許就像是明明聚集起來了，卻絲毫不打算對叛亂軍發動攻擊。

不過，那些集團大部分是商人、冒險者，或者只是普通的旅行者。

自然不可能會伸出援手。

「直到陛下的心平靜下來為止，我不會從這裡移開一步。」

「那陛下何時會平靜下來？」

「這個嘛……何時才會平靜下來呢？我認為應該不會花太多時間。」

「夠了，和你對話根本沒完沒了！」

札諾巴把手放到始終做出曖昧回應的藍道夫肩上，粗魯地將他推開——

「唔喔喔喔！」

札諾巴反而就這樣被推了出去。

他猛然從樓梯上滾了下去，後腦杓用力撞上了牆壁，牆壁應聲碎裂。

「很抱歉，我只會說這種陳腐的台詞……但我不會讓你們通過這裡。要是想過去，就請打倒我再說吧。」

藍道夫一邊這樣說著，一邊將手按在腰間的劍鞘。在一片昏暗之中，可以看見閃著綠光的劍刃。

那肯定也是魔劍吧。

啊，糟糕。這可不成。我連一式也沒帶來，真要打起來可不成。

「札諾巴，冷靜點，在這裡開打會很危險。」

「可是師傅……」

從剛才那番話聽來，藍道夫只是在保護帕庫斯而已。

札諾巴也是為了保護帕庫斯而來的，彼此應該不是敵人才對。

雖說藍道夫若是人神的使徒，事情自然另當別論，但這個可能性很低。

如果是為了要殺我的陷阱，也實在過於大費周章。再者，如果目的是殺死帕庫斯，讓共和國無法建立的話，死神應該會在更早的階段就動手。講白一點，在王龍王國時就該動手了。

不過，我還是姑且先問問看吧。

「藍道夫先生，既然你說要等的話我們就等……但在那之前我有件事想向你請教，可以嗎？」

「什麼事呢？」

「請問，你知道名為人神的存在嗎？」

藍道夫咧嘴笑了。是很適合這城堡氣氛的，一種令人不舒服的笑容。

「是的，我當然知道。那又怎麼了？」

藍道夫邊咯咯笑著邊如此說道。他說出來了。

這樣就構成戰鬥的理由了。

這傢伙是人神的使徒，是遵照人神的意圖才會在這裡。

儘管我不清楚他有什麼意圖，但是造成這個狀況的是這傢伙。照這狀況發展下去，將會促成對人神有利的某種結果。

那麼，這傢伙是敵人。既然是敵人就非得打倒不可。我湧起這樣的想法。

殺氣也釋放出來了。

「哦，到頭來，還是要打嗎？」

藍道夫拔出佩劍。

劍刃發出綠色光芒，照耀著陰暗的走廊。

像是受這個動作牽引那般，札諾巴舉起了棍棒，洛琪希也拿起魔杖向著對手。

於是，要開始了。以可說是自然而然的發展，就這樣開始了。

與七大列強的戰鬥。

第十話「所有人都在白費工夫」

戰鬥自然而然地展開了。

儘管我不希望在沒有「一式」的狀態下戰鬥，但既然開始了就不能迷惘。

「唔喔喔喔喔喔！」

率先衝出去的是札諾巴。

對手雖然是七大列強，但札諾巴完全無視這個事實。沒有任何技術，只是筆直地往前奔馳，朝對方使出笨拙的攻擊。

棍棒發出劃開空氣的聲音直逼死神。

「哎呀。」

死神游刃有餘地迴避攻擊。但是，我已經預見札諾巴的攻擊不會命中。

札諾巴的攻擊是一擊必殺。

一旦命中的話就是爆擊，但命中的可能性奇低無比。而設法讓那傢伙的攻擊命中，就是我的工作。

我已經在死神會迴避的場所設置了泥沼。

「哎呀？」

死神的腳陷入泥沼，身體失去平衡。

「『冰擊』！」

這時，洛琪希發出魔術順勢追擊。死神情急之下以劍彈開魔術，但身體姿勢變得更加不穩。

札諾巴像是要趁勝追擊似的再次出手。

這是連不死魔王都會動彈不得的怪力。以這股力量進行毆打，會毫不留情地在走廊地板開出一個洞。

該說不愧是死神嗎，儘管他失去平衡，依然閃開了這次攻擊。

但是，任誰都看得出來他現在無法轉守為攻。他一屁股跌坐在地上，腳底也沒有踩在地面。劍尖沒有對著敵人，左手以手肘撐住地面。

死神的臉上滿是驚愕的神色。

「怎麼會，不應該是這樣的……」

聽到這句低語，我確信可以打倒他。於是向洛琪希使了眼色，往前踏出一步。

札諾巴也逼近死神，準備給他致命一擊。

我將雙手朝向死神，並灌注魔力。札諾巴的攻擊要是打中自然最好。要是沒打中的話，我就用預知眼掌握迴避方向，朝該處擊發電擊。趁他麻痺的時候，再用左手的魔道具轟炸岩砲彈了結他。

若是連這波攻勢都被他迴避，就讓洛琪希再次牽制來擾亂他的平衡，一直持續到命中為止。

儘管沒有事前溝通過，卻形成了必殺的連續攻擊。

那傢伙已是甕中之鱉。

「唔！」

札諾巴朝死神揮出一擊。

但是，我卻目睹了難以置信的景象。

死神竟然接住了。把札諾巴的怪力。赤手空拳，接住了棍棒。好驚人的臂力。七大列強果然不是浪得虛名。但是也到此為止。我的眼睛清楚捕捉到他擋下攻擊的那隻手骨折。將軍了。

「札諾巴，閃開！」

聽到我的吶喊，札諾巴像彈開一樣往側面跳開。

我的右手竄出紫電。閃電在空中發出劈啪一聲，吞沒了死神。

直擊。

就算鬥氣能防禦電擊，依然會遭到麻痺。死神全身僵硬，猛然倒地。活像骸骨的長相朝著這邊。表情看起來還沒理解出了什麼事。

最後一擊。

我在左臂零件注入魔力，準備發射岩砲彈。

「『散彈槍・射擊（Shotgun Trigger）』！」

據說有著王級，甚至帝級威力的岩砲彈千百成群奔向死神。岩砲彈是連奧爾斯帝德也認同的，我能使出的最強必殺技。一旦命中，這股威力甚至連奧爾斯帝德都會負傷。

這個姿勢，這個時間點。就算是死神也不可能迴避，一旦命中肯定是重傷。

贏了。

「……………………咦？」

當我這麼想的下一瞬間。

岩砲彈憑空消失。在空中變成細沙，落到了死神身上。

無法理解。

「喔喔，您來救了我啊！死神大人！」

藍道夫這樣說著，並望向我的後方。

「！」

援軍？死神？那剛才戰鬥的是？

一開始自我介紹時就被誤導了？

我倉皇地轉頭望去。

在那裡——

沒有人。

只有被月夜映照的樓梯。

「魯迪！」

聽見洛琪希的叫聲時，我就被撞飛了。

腰部附近可以看見藍色頭髮。撞飛我的人是洛琪希。

為什麼？在思考這個疑問之前，我已在空中改變姿勢抱住洛琪希。

以背部摔下了樓梯，魔導鎧發出鏘的一聲。

沒有受到損傷。

「咦……」

我以仰躺姿勢抬頭看著樓梯上方。看到還沒搞清楚出了什麼事的札諾巴，以及動作已是揮完劍後的「死神」。

死神還站著，就像是什麼事都沒發生過一樣。

我不是用電擊麻痺他了嗎？他剛才不是失去平衡了嗎？

奇怪，為什麼？

「魯迪烏斯先生，死神可是隨時都站在你的身後喔。」

綽有餘裕的表情，游刃有餘的發言。這才總算讓我理解了狀況。是演技。

因為電擊而遭到麻痺也好，失去平衡也罷，都是故意的。

都是為了讓我轉向背後……

啊啊，可惡，奧爾斯帝德不是早跟我說過，藍道夫會用這種方法戰鬥了嗎！

話又說回來，剛才那是怎麼回事？岩砲彈憑空消失。那就是那傢伙魔眼的力量嗎……？

不對，我有印象。

那是在和魔石多頭龍（Manatite Hydra）戰鬥時同樣的現象。

也就是說……

「是吸魔石嗎？」

「哎呀，想不到一次就被識破了啊……果然名不虛傳呢。」

死神這樣說著，並張開了手掌。

在皮製護手的掌心部分，鑲嵌著吸魔石。雖然剛才沒有注意到，但就是用那個吸收的吧。

我沒聽說他還有這招啊……是說，那顆吸魔石，該不會就是我們從貝卡利特帶回來的吧……如果是王龍王國的騎士，就算收集到那類裝備也沒不奇怪。而且，也可以說明奧爾斯帝德為何對這件事不知情。

算了。

是稍微大意了沒錯，但我原本就不認為能這麼簡單就勝過七大列強。雖說魔術無效的話戰鬥起來會綁手綁腳，但我知道吸魔石的特性。吸魔石要將手朝向魔術的方向，注入魔力之後才能發動。換句話說，只要別面對手掌就好。

要繞到背後嗎？

在狹窄的平台是有點困難……

不過，既然有三個人，應該沒有辦不到的事。

目前看起來吸魔石只有一顆。只要我和洛琪希從前後同時施放魔術，再由札諾巴趁機進行追擊的話……

不，想必沒那麼簡單。但萬一不行的話，再試其他方法就好。

Try and Error。一直持續到打倒他為止。

「洛琪希，麻煩妳繞到札諾巴後方。」

「……」

沒有回應。話說回來，洛琪希從剛才開始就動也不動。

手上濕濕的。在肩頭附近有一種奇怪的觸感。

「……嗯？」

這是什麼？好紅。

「洛琪希……等等……不會吧？」

洛琪希的長袍被切開，紅色的鮮血自底下流出。

我的心臟劇烈跳動。

昔日的場景，就像是走馬燈般地浮現在眼前。因為把我撞飛而死去的男人的身影。倒在地上動也不動的那個男人。保羅。在最後向我伸出手的，保羅……就像保羅一樣。

洛琪希……！怎麼會，咦？騙人的吧？

「這不是真的！洛琪希！」

「……這是真的，所以請不要碰到傷口，會痛的。」

回過神來，洛琪希正以沒好氣的眼神注視著我。

「啊，是。」

看來她沒事。我一放開洛琪希，就聽到她低聲詠唱治癒魔術，治好了傷口。

鬆了口氣。這對心臟很不好。

「哎呀？我記得應該造成了致命傷才對啊……」

死神把手抵在下巴，一臉不可置信地歪頭表示不解。

儘管他說的話令人不寒而慄，但洛琪希就像這樣，活得好好的。

人有失手，馬有亂蹄。

他似乎以為自己收拾了洛琪希，真遺憾啊。結果只是讓我的壽命縮短了而已呢。好啦，重新來過吧。

「嗯？」

就在這時，洛琪希的脖子傳出了碎裂的聲音。

仔細一看，出發前交給她的項鍊產生裂痕，轉眼間碎成一地。

緊接著，是她的手指。戴在上面的戒指也應聲碎裂。

「………」

我記得那些是……

「能代替使用者受到一次致命傷的魔力附加品」，以及「會張開能防禦物理攻擊結界的魔力附加品」。

「喔，是因為那些嗎……難～怪。」

我打了冷顫。

背脊竄起一股寒氣，彷彿被人狠狠插進冰柱一樣。從死神身上感受到一股壓力，就像是一陣強風從他身上吹來那般。

我知道這陣風。是膽怯之風。

就算知道也止不住害怕。我不假思索地緊緊抱住洛琪希。

「魯……魯迪……？」

不行了。到此為止了。我能預測的狀況只到這一步。那個項鍊，是我事先準備好的道具。

所以不是運氣。到這裡為止，還在預期的範圍之內。

不過，之後該怎麼辦？

面對能夠一擊就致人於死的對手。

Try and Error？面對這樣的對手，是能有幾次嘗試的機會？沒辦法接關。因為剛才用掉了。再繼續和這傢伙廝殺肯定有人會死。

再說了，我為什麼要從正面挑戰七大列強啊？

奧爾斯帝德不是也說過了嗎？沒有魔導鎧的話別和他打接近戰。

沒錯，打從一開始就該遵照指示。不該這麼做才對。

「札諾巴！不行！撤退吧！」

「師傅！」

「我們贏不了這傢伙！先回去拿一式過來再戰！」

札諾巴舉著棍棒並向後退了兩步。再透過肩膀望向我這邊。

「不不不，我們戰得可說是難分軒輊喔。尤其是剛才那招，實在好險啊。要是再來一次的話，我可沒有自信能全部擋下呢。畢竟我可是連殺手鐧都用上了……」

死神喃喃低語。

剛才確實感覺有機會贏他。

但是，他絕對是在撒謊。奧爾斯帝德也說過，那傢伙會誘導別人。引誘人攻擊，引誘人防禦。

剛才說的那番話肯定也是這樣。

不對，難道說是真的？他沒有使用傳說中的幻惑劍，而是真心這麼說的？

畢竟剛才那種講法實在太過刻意。乍看之下是誘導，但其實是……夠了！

這傢伙說的話沒半句可信。唯有一件事是確定的。

現在的我打不贏死神。這個認知，轉眼之間就深深烙印在我的內心。

然而，札諾巴似乎並不這麼認為。

「那麼，請師傅在旁邊看著吧。就算只有一個人，本王子也要戰鬥、突破，見上弟弟一面！」

札諾巴往前突進。

在我的眼中，那就像是慢動作一樣。

時間緩慢，聲音消失，世界褪色。

一步、兩步向前奔馳的札諾巴。

在預知眼的世界，死神已經展開行動。速度快到讓人覺得剛才為止的笨拙動作到底是在開什麼玩笑。眼睛跟不上。是我的動態視力根本無法捕捉的速度。

時間恢復。

劍光一閃。

「札諾巴！」

斬擊從札諾巴側腹切入，再朝肩頭砍了出去。

是逆袈裟斬。鎧甲徹底碎裂，札諾巴整個人被打上天空，順勢撞上天花板，再直接掉在我的眼前。還沒有聽見聲音。一切就彷彿是在夢中發生。

「呼……呼……」

心跳非常劇烈。

他沒事嗎？鎧甲支離破碎。厚重的胸甲以及肩甲部分就像玻璃那般碎裂。

到底是釋放了什麼樣的斬擊，才能把金屬變成這副慘狀？完全無法判斷。

「奧義『碎鎧斷』沒有手感……」

死神的這句話，讓聲音重新回到世界。

沒錯，的確，仔細一看，札諾巴的身體毫髮無傷。儘管鎧甲底下的束衣被砍斷，但皮膚上頂多只有瘀青。

「嗚……唔……」

札諾巴邊發出呻吟邊挺起上半身，瞪視站在樓梯上的死神。

「不愧是神子，果然砍不斷嗎？」

死神臉上掛著猶如骸骨般的微笑，俯視著我們。

然後，他緩緩把劍收回劍鞘。

「不過，我不是劍神，並不會拘泥在劍術上面……我記得火魔術對你有效是吧？我從帕庫斯陛下那邊耳聞過這樣的情報。」

啊，這傢伙也會使用魔術嗎？

不過，札諾巴身上穿的鎧甲能將火焰無效化……不，沒辦法。都碎成這副德性了，怎麼想也不可能發揮效果。

「……」

札諾巴站了起來。

難道他還想繼續戰鬥嗎？他撿起棍棒，把腳踩在樓梯上。

洛琪希也慢慢挺起身子。

就像是要保護我似的，她往前踏出一步，為了支援札諾巴而舉起魔杖。

我也站了起來。

札諾巴很頑固。他說不定會戰到至死方休。當然，我不能讓他被殺。

洛琪希也是。

要是她死了的話我就會死。精神上會徹底死亡。

「還要再打嗎？」

藍道夫面無表情地俯視著我們。沒有特別擺出任何架式，也沒有詠唱魔術。站姿看起來游刃有餘。看樣子，他似乎不打算主動對我們發動攻勢。

可惡！什麼戰得難分軒輊啊！

我甚至還覺得他對我們手下留情。那傢伙無效化我的岩砲彈。因為他打從一開始就有把魔術無效化的手段。但他卻沒這麼做，而是用其他魔術誘導我的行動。
說不定，他還藏了其他的拿手絕活。
奧爾斯帝德是怎麼說的？該攻的時候要守，該守的時候就攻？
意思是我現在會這麼想，也都在他的預料之中嘍？
搞不懂。我不明白該怎麼行動才好，完全陷入對手的計策之中。
失去了項鍊，也失去了鎧甲。摸不透對手真正的實力，「二式改」也不見得能擋下那傢伙的攻擊。
不行了。不管怎麼想都無計可施。必須先暫時撤退才行。
札諾巴該怎麼辦？
說服他吧。如果講不聽的話就從後面攻擊把他打暈，然後再回到一式那邊，穿上後再回來戰鬥。
「札諾巴，現在你應該懂了吧？直線朝他攻擊也只會被殺而已。」
「可是，師傅。帕庫斯他……」
「死神還在等待，表示應該還有時間。我們得做好萬全的準備。」
札諾巴的動作看起來很迷惘。他似乎也領悟到我們贏不了那傢伙。
「各位要回去了嗎？不過，雖然只是我的猜測，但陛下那邊應該就快要結束了喔。」
這是陷阱。沒有聽的必要。

「嗯，我們之後再重新來過。」

問題在於他願不願意放我們逃跑。

「我為不分青紅皂白就襲擊你一事賠罪。所以，這次可以先請你放過我們嗎？」

擺出卑躬屈膝的態度，同時調整呼吸並觀察狀況。再來就一邊戰鬥一邊循著剛才過來的路線逃跑，一路逃回魔導鎧那邊。到那邊再重新開打。如果他沒追過來的話當然也行。

「噢，是沒什麼關係啦……」

啊，可以嗎？總覺得意外乾脆啊。

實在無法看穿死神的意圖。這傢伙的目的究竟是什麼？

「死神先生，請問你從人神那邊收到了什麼指示？」

「沒有，並沒收到任何指示。畢竟我根本沒見過他。」

咦？

「可是，剛才，你說知道……」

「因為我的親戚從前似乎見過他，所以我聽過這個名字……但也就這樣而已。我自己從來沒見過人神，也沒有和他說過話。」

這是哪招？

「換句話說，你不是人神的使徒？」

「雖然我不清楚你說的使徒是什麼……但確實如此。」

我太早下定論了嗎！啊啊，可惡！最近根本一直在做白工啊！

「意思是，你不是帕庫斯王的敵人？」

「是的。我一～直，都站在帕庫斯王與班妮狄克特王妃這邊。畢竟願意稱讚我做的料理的，也只有他們兩位呢……」

「換句話說，你也不是因為房間裡面正在進行某種奇怪的儀式，而為此爭取時間？」

「嗯……確實是不適合在小女孩的面前說出口的儀式沒錯。」

死神這樣說著，同時望向洛琪希。洛琪希被說是小女孩，擺出了無法釋懷的表情。的確，她的外表看起來完全不像是有小孩的人。

不過話說回來，這樣啊。所以不戰鬥也可以嗎？

是嗎……那就道歉吧。畢竟是我太早下定論。

「那實在是……非常抱歉。我們也並非帕庫斯王的敵人。請容許我為突然襲擊你一事鄭重道歉。」

「不會，我也沒有好好說明清楚，不好意思。」

反而被他低頭道歉了。真是禮數周到……

不對等等。搞不好現在的一來一往，其實也在死神的掌握之中。實際上他正在準備即死技巧，現在會像這樣交談是為了爭取時間……雖然我想應該是不會有這種事啦……

啊啊，亂七八糟的根本搞不懂。

如果這就是死神的技倆，那我已經完全身陷其中。正在他的掌心跳著熱情的探戈。

就在這個時候。

「哎呀？」

死神突然放鬆了力氣。

「似乎結束了。」

不過我並沒有鬆懈。不能讓這傢伙看到破綻。

是什麼結束了？我們的命運嗎？

「哎呀，請不用那麼提心吊膽。因為我也沒有殺死各位的打算。」

「……少說謊了，剛才不是還說了致命傷什麼的嗎？」

「哈哈，的確……魯迪烏斯先生，你真是會說笑呢。」

被骸骨取笑了。剛才的回答是有哪裡好笑了？

「帕庫斯王吩咐我，直到完事之前不准讓任何人通過。既然事情已經辦完，那道命令自然也結束了。」

藍道夫邊如此說著，邊把劍收回劍鞘。然後重重地嘆了一口氣，重新坐在椅子上。

「來，各位請進。」

是陷阱吧？很有可能在露出背部的瞬間就被一刀砍成兩半。

「如果不想讓我看到背後，不如我去其他地方吧？」

「不，沒有必要。就相信你吧。」

札諾巴很有男子氣概地這樣說道，然後把棍棒擺回腰間。

所以，我也卸下戰意。

就這樣，自然而然開啟的這場戰鬥，也順其自然地宣告結束。

★★★

王城最頂層，國王寢室。

這裡是極盡西隆王國一切奢華的最高級套房。牆壁上掛滿壁畫，也備有裝飾著美麗雕刻的桌子。裡面的房間，有張起碼有五公尺寬，附有天蓬的巨大床舖。

在凌亂的床單中心，一名藍髮少女正裹著毯子，靜靜地發出鼾聲。

是王妃班妮狄克特。由於衣服散落在周圍，可以想見床舖裡面的她正全身赤裸。

另外，在房間裡面也充滿著一股我聞習慣的味道。

是男女交歡時會發出的味道。也是啦，這種事的確不能在小女孩面前提起。

代表直到剛才為止，帕庫斯與王妃都在盡情求歡。明明國家面臨到緊要關頭，他們還真是悠哉啊。

好啦，至於當事人帕庫斯，他正站在露臺上。

他坐在露臺的扶手上注視著外頭。彷彿孩童般短小的手腳，碩大的頭部。可說是與國王身分毫不相稱的醜惡長相。身上衣服只有一條內褲，但經過一番鍛鍊的他，背後絕對無法以瘦弱來形容。

另外，身上也有諸多傷痕。瘀傷的痕跡、刀傷。這一切彷彿在敘述著他至今為止的人生故事。

「還想說怎麼那麼吵鬧，原來是兄長大人來了啊。」

帕庫斯轉頭時，我瞬間打消了剛才覺得「悠哉」的感想。

他的臉上滿是倦容。他的臉上寫滿了放棄。而且，看起來非常冷靜。

藍道夫說過，「陛下正在讓內心平靜下來」。想必就如同字面上的意思吧。

我也有過這樣的經驗。把該出來的東西放出來，藉此沉澱心靈。

「陛下，本王子前來救駕。來，請捨棄這座城堡，一同前往卡隆堡壘吧。」

札諾巴走到露臺前面，朝帕庫斯伸出手。

相對的，帕庫斯看到那隻手卻是嗤之以鼻。

「救駕？卡隆堡壘？在說什麼啊你？」

「此時應當要暫時把城堡交給敵軍，在其他地方磨礪以須等待機會才是上策。只要有兵力的話，想必要重新奪回王城也是易如反掌。」

「……然後，讓這一切再度重演嗎？」

帕庫斯看著札諾巴。以一種讓人毛骨悚然的冷酷眼神。

看到那個眼神，就算說這傢伙才是死神我也能信服。

「重演……是指？」

札諾巴提出疑問。

帕庫斯對此卻是哼笑一聲。「反正你也不會懂的」，輕聲地這樣低喃之後，側眼望向露臺外面。

「雖然看起來這樣，但本王也是有努力過了。罷免了父王所任命的腐敗大臣，並安排其他人。為了備戰，也引入了傭兵。治安確實因此變差……但這也是為了這個國家的未來著想。」

帕庫斯將背靠在露臺的扶手上，用手指著札諾巴。

「會允許兄長大人歸國也是因為這樣。會對兄長大人提出不合理的要求也是因為這樣。這些都是本王自己絞盡腦汁思考之後得出的結論。老實說，本王雖然打從心底討厭兄長大人，但也認同你身為神子的力量。」

「本王子明白。陛下的苦心，已充分地傳達給本人札諾巴。」

札諾巴努力保持冷靜說出了這番話。

然而，這反倒激怒了帕庫斯。他握緊拳頭，以可憎的眼神瞪視札諾巴。

「到底哪裡傳達給你了！本王的心情，根本沒有傳達給任何人！看啊，這個畫面！」

帕庫斯以誇張的動作指向露臺的另一側。

儘管叛亂軍在城堡正下方升起篝火，鎮上卻沒有一絲動靜。

城牆外側，可以感覺到許多人的氣息。他們燒著篝火，搭起了類似帳篷的東西。

從這裡放眼望去，彷彿首都正遭到大批軍隊包圍。

「明明有那麼多的兵力，他們卻絲毫沒有鎮壓叛亂軍的意思！」

「不是這樣的，陛下。那些幾乎都並非士兵，只是一般百姓。而且還是一些來歷不明的冒險者以及商人一夥。」

「那又怎麼樣！本王遭到這個國家的一切排斥的事實依舊沒有改變！」

帕庫斯把拳頭敲在露臺的扶手，奮力大喊。

我只能不發一語地看著眼前的光景。

不能插嘴。必須由札諾巴來開口才行，我心中抱著這樣的想法。

「陛下，並不是這樣。絕對不是所有人……」

「哪裡錯了！現在不是也只有你們三個嗎？你們明明可以帶著大軍過來的啊！卻只有三個人！那邊那兩個，甚至還不是來幫助本王，只不過是你自己的護衛罷了吧！」

「那是……」

確實如此。我是反對來幫帕庫斯的。說實話，西隆王國和帕庫斯會變得怎樣都跟我無關。我只是不希望札諾巴死去才跟來的。僅此而已。

「沒錯！本王從以前開始就是這樣！無論付出多少努力，也得不到任何人的認可！就算本王以為稍微拿出了一點成果，也會立刻事與願違！白白浪費所有心血！每次都是這樣！」

帕庫斯大聲怒吼的同時，手接著指向洛琪希。

「洛琪希！」

被叫到名字，洛琪希頓時身體僵硬感到不知所措。

「妳還記得嗎？以前那件事！」

「咦？」

「就是本王第一次學會中級魔術的那時！」

洛琪希驚訝得瞪大雙眼。

「本王以自己的方式努力學習！訓練再訓練！好不容易成功使出中級魔術的那時！妳對本王擺出了什麼反應！」

「不……那個……」

我以眼角餘光瞥到洛琪希一臉慌張。

她還記得這件事嗎？還是說已經忘記了呢？這點我不得而知。

「妳嘆氣了啊！」

「咦……」

「對著欣喜地展現成果的本王，妳竟然只是嘆了口氣！」

「那是因為……」

「那聲嘆氣就像是在說：『總算到這種程度了啊』，妳知道這個反應，究竟傷得本王有多深嗎！」

洛琪希瞪大雙眼，抿緊下唇。雖然有點出乎意料，難道她當時真的嘆氣了？

那個洛琪希？那個每當我有進步就會誇獎我的洛琪希？

「就算是這樣！本王還是喜歡著妳啊！在西隆之中，至少妳還是願意認同本王的人啊！所以後來，本王也為了吸引妳的注意而不斷努力！但還是不行！妳總是心不在焉，根本沒把本王放在眼裡！還和不知名的男人以書信聯絡！這樣有什麼意義！既然努力也無法得到認同，那本王怎麼可能還會有心思努力！而當本王不再努力之後，妳竟然就果斷放棄！用像是看著垃圾的眼神看著本王！之後的指導方式，就像是在表示反正本王再怎麼努力也沒用一樣！到了最後，甚至像是對一切都膩了那樣，離開了這個國家！」

帕庫斯粗暴地抓著自己的頭。

或許是因為想起了當時的事吧，他眼睛充血，眼角也泛著淚水。

「那……那件事……真的……很對不起……那個，我當時也……」

「閉嘴！本王不想聽妳的藉口！」

洛琪希閉上了嘴巴。她的表情看得出來相當後悔。

所謂的努力，是為了自己而做的。

但是，我根本沒有立場講這種說教的話。

至少自從來到這個世界之後，我得到了認可。只要努力就能拿出成果。雖說偶爾也會沒得到成果，但不管怎麼樣，只要拿出成果就能得到認可。

所以，我沒有對帕庫斯說教的資格。

「夠了……實際上，本王就只有這種程度。」

這時，帕庫斯突然渾身脫力。

「王龍的陛下將西隆王國賜給了本王，然而卻成了這副慘狀。不論是誰都不認同本王為王，不論是誰都不願意追隨本王。不僅如此，甚至還幫不知是否流著父王之血的人，打著旗號發動叛亂。王龍的陛下賞賜的騎士們，也已經在這場混亂中喪命。王龍的陛下，想必也對本王感到失望吧。」

帕庫斯露出自嘲的笑容，淚珠撲簌簌地從眼睛滴落。

「結果，願意認同本王的，也只有班妮狄克特，只有她願意愛著真正的本王。雖然她話不多，卻會竭盡全力地對本王綻放笑容。」

帕庫斯聲嘶力竭的吶喊，似乎連樓下也聽得一清二楚。

在篝火之中，開始聽見了群眾鼓譟的聲音。難道從下面也看得見帕庫斯嗎？

帕庫斯看著這些，一臉生厭地這樣說道：

「喂，兄長大人……本王到底該怎麼辦才好？」

「不清楚。只是，本王子認為將親兄弟趕盡殺絕，是有點太過火了。」

「也是啊。不過，要是其他兄長大人們還活著，肯定也會像這樣發動叛亂吧。」

「是……您說得沒錯。」

但是，札諾巴這時卻搖了頭。

「但是，不論是誰都會失敗。只要加以反省，把經驗活用在下次就行了！」

札諾巴快活的聲音響徹著最頂層。

在這種時候也能發出這種聲音的札諾巴，實在很了不起。

「沒辦法的。畢竟本王不過就是這種貨色，只會不斷地讓悲劇重演而已。」

帕庫斯緩緩搖頭否定。他的舉動與札諾巴十分相像。

儘管兩人的外表看起來截然不同，卻唯獨舉動有著共通之處。

帕庫斯抬起頭，然後望向我的後方。

「藍道夫。」

「在。」

嚇我一跳。不知不覺間，藍道夫已經站在我的身後。

死神就在後面。對心臟很不好。

「照之前說好的去做，拜託了。」

「謹遵吩咐。」

「很好。」

之前說好的是指什麼？難道說，又要和死神繼續戰鬥了嗎？如果是的話，這個位置很不妙。太近了。沒有一式可用就已經很吃力了，少說也得拉開一些距離再打，否則我沒有勝算。

當我如此心想的，下一個瞬間——

帕庫斯俐落地翻過露臺的扶手，跳了下去。

「啊……」

這裡是五樓。掉下去了。咦？

他跳下去了？

「嗚喔喔喔喔！」

札諾巴衝了出去。

儘管鐵定來不及，他依舊伸出手衝了過去。

他抓住扶手挺出身子，然後直接扯壞扶手，掉了下去。

「札……札諾巴！」

我慌張地轉身，從房間飛奔而出。

帕庫斯死在庭院。

札諾巴跪在地上，茫然若失地抱著他的屍骸。

「啊啊，師傅，快用治癒魔術……」

札諾巴以茫然的表情這樣說道。我從懷裡取出了治癒魔術的捲軸，然後貼在札諾巴身上。

或許是因為從五樓摔了下來，這傢伙身上也有跌打損傷。

「不是本王子，快對帕庫斯……」

「……」

我不發一語地搖頭。

帕庫斯已經死了。

想必是從頭部著地吧，死狀非常悽慘。希望他幾乎沒有感受到任何痛苦。

「這樣啊……」

「嗯，很遺憾。」

沒想到他會冷不防就跳下來。

不過，或許他打從一開始就決定這麼做。周圍盡是敵人，之所以不從城裡脫逃，說不定也是因為他認為不管到哪，都不會有人站在自己這邊。

想必他已經為了這件事煩惱了好幾天吧。

結果，他領悟到自己當上國王是失敗的一條路。打從一開始，就打算尋死。

「師傅……」

札諾巴就這樣抱著帕庫斯的屍骸，仰望著天空。

可以看見以美麗滿月為背景的城堡最頂層。

沒有國王的城堡。只是個空殼。

「本王子到底做了什麼啊……」

「……」

「難不成，本王子到頭來根本只是白忙一場嗎？」

「沒有那種事。你也以你的方式努力了。」

只是，那份努力沒能讓帕庫斯了解。

帕庫斯雖然說希望受到其他人的認同，可是他卻沒有認同札諾巴。

嗯，說穿了，他感覺根本沒把札諾巴放在眼裡。

就算是這樣，只要再多花點時間，他應該就能夠明白札諾巴的用心吧。

帕庫斯認同札諾巴的那一天，應該也會出現不是嗎？

雖然我認為帕庫斯是個無可救藥的傢伙，但就算如此，我會不會總有一天也能夠認同他呢？

「事情到底……為什麼會變成這樣呢？」

「…………我不知道。」

札諾巴沉默了一陣子。

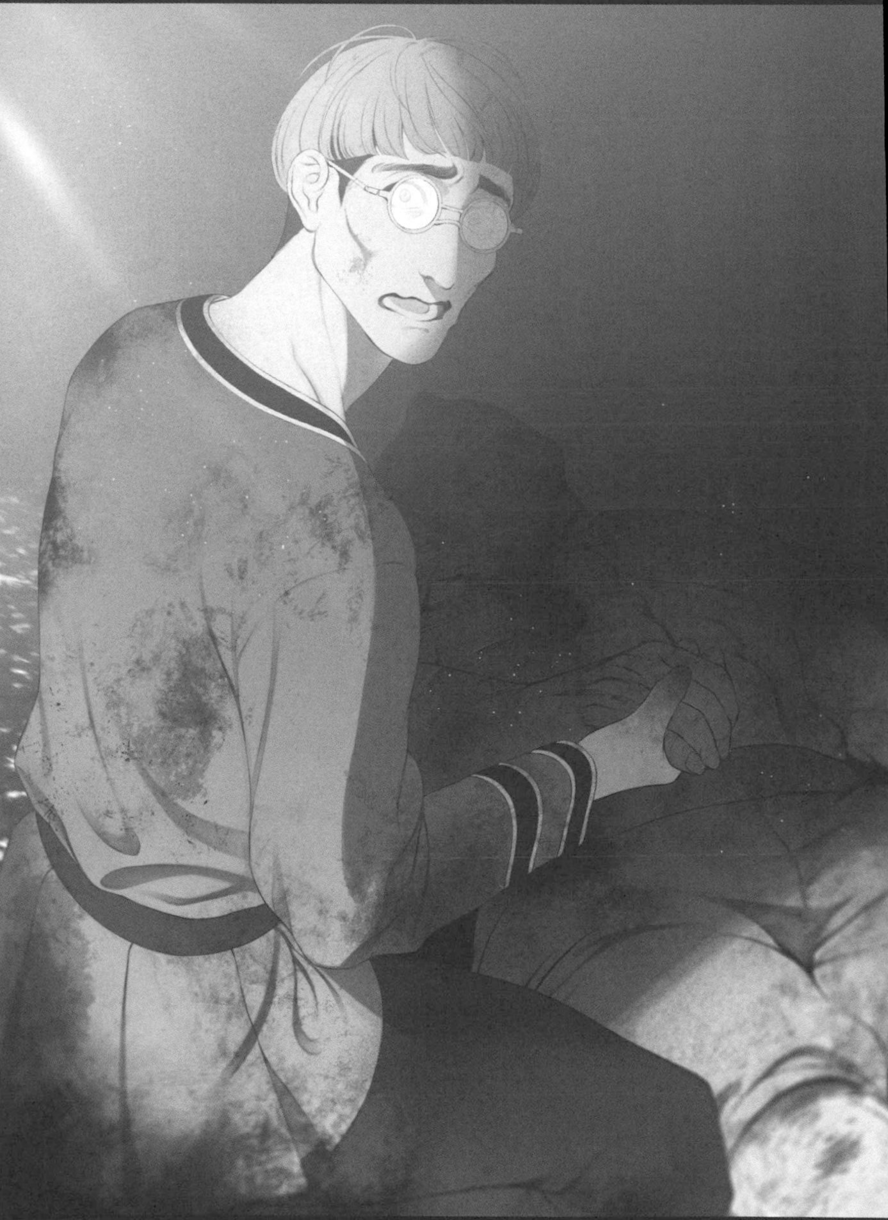

後來，像是突然想到一樣，望向了我的臉。

「難道說，這也是人神那傢伙搞的鬼嗎？」

這次並沒有搞清楚哪個部分是人神動的手腳。

到頭來也沒有出現自稱為使徒的傢伙。

但是，按照原本的歷史，帕庫斯會經過一番淬鍊，將這個國家轉型為共和國才對。但這個未來卻消失了。如果人神與這次事件有關，那就是促成了阻止共和國誕生的這個結果。或許人神的目的，從頭到尾就只是要帕庫斯的命。那傢伙看得見未來。他說不定知道就算不直接下手，只要將帕庫斯的精神逼到絕境，他就會踏上自殺這條絕路。

不，這樣做也實在太拐彎抹角了……

就算這次與人神沒有任何關聯。回頭想想，我第一次就是因為人神的指示才來到這個國家。據奧爾斯帝德所說，將來的西隆共和國對人神來說似乎就等同於眼中釘一樣。而當時的結果，導致帕庫斯被送去王龍王國。

那麼，顯然人神打從那時就在設法解決帕庫斯了。

太失策了。應該要更仔細思考才對。

我或許是因為太討厭帕庫斯，所以才搞錯了優先順序。

「或許是吧。」

「這樣啊。」

札諾巴輕輕地讓屍骸躺回地面。

然後，緩緩地吐了口氣。儘管表情看起來要哭了，卻沒有流下眼淚。

如果是我，肯定會哭吧。

札諾巴在最後，喃喃說了一句：

「回去吧。」

我不再多問，只是朝他點了頭。

第十一話「戰後」

我打算把帕庫斯火葬。

燒掉，掩埋起來。是這個世界共通的奠祭方式。

然而，札諾巴卻搖了搖頭阻止了我。

要是沒有帕庫斯的屍體，這場叛亂就不會結束。為了要平息國內的混亂，應該要把屍體留下才是，他以平淡的口吻這樣說道。

再怎麼說也不該把一國之君的屍體交給叛亂軍。儘管我是這麼認為，但札諾巴卻散發出一股難以言喻的魄力。最後我沒有反駁，而是用水魔術將帕庫斯的屍體清洗乾淨之後運到五樓。

當我們爬上五樓之後，藍道夫正揹著班妮狄克特王妃，並提著大包行李。

洛琪希正在協助她善後。

她似乎受藍道夫所託，幫全身赤裸的班妮狄克特穿上衣服，再用薄毯做出背架。從衣櫥拿出衣服並塞進包包，默默地做著這樣的流程。

「陛下呢？」

藍道夫開口第一句話就是這個問題。

「駕崩了。屍體就交給叛亂軍，以便平息混亂。」

札諾巴不帶感情地如此回應。藍道夫臉上神情也沒有絲毫變化。

就像是在表示自己早已知道結果一樣。

「陛下囑咐我，要帶著王妃逃離這裡，送回王龍王國。」

帕庫斯考慮自殺這件事，藍道夫恐怕是知情的吧。

為什麼沒有阻止他呢？我沒有這麼問的道理。

「那麼，就跟著我們一起走吧。我們知道逃生出口的位置。」

「是，札諾巴殿下……感謝您的體貼。」

在極其簡短的交談之後，藍道夫低下了頭。不久前還在互相廝殺的藍道夫要與我們同行。

如果是平常的話，我肯定會提防他。認為這才是人神的陷阱，之後有最終決戰在等著我們。不過，我明白不會變成那樣。我知道藍道夫不希望戰鬥。真是種不可思議的感覺。

七大列強第五位，「死神」藍道夫·馬利安。

他有著我這種貨色根本無法相提並論的強大，但是連這樣的男人都隱約露出疲態。

只不過，我和洛琪希也同樣感到疲憊。就算有人在這裡拜託「請跟藍道夫戰鬥」，我肯定也會無力地搖頭吧。

每個人都精疲力盡，連札諾巴也始終悶不吭聲。

我們四個人……包含班妮狄克特在內的話應該是五個人，我們拖著沉重的步伐，穿過地下通道逃出了王城。

回到水車小屋的那個時候，天色仍舊是一片黑暗，直到黎明之前還有相當久的時間。

我放燈之精靈在黑暗中奔馳後，照亮了擺在水車小屋附近的魔導鎧。

到頭來，除了移動以外也沒讓這個派上用場呢。

「這個……莫非是鬥神鎧？」

藍道夫突然這樣詢問。

他一臉茫然的表情抬頭看著魔導鎧。

「不，這是我和札諾巴製作的決戰用魔道具『魔導鎧』。」

「這樣啊……要是你用上這個，那我說不定也危險了呢。」

「這可難說啊。畢竟到頭來，我依然沒辦法對付你的『幻惑劍』。」

我說完這句話後，藍道夫輕笑一聲。

「是啊，但我在使用前就被你們逼到絕境了呢。」

「咦？」

「光是那一波聯手攻擊就已經讓我的身體遍體鱗傷，而且因為抵銷了那波岩砲彈，使得我的魔力也幾乎都耗盡了……」

他這番話聽起來很像是在安慰我。

換句話說，當時藍道夫綽有餘裕的站姿才是幻惑劍嗎？

是因為我太過謹慎，要是在那時進攻的話就已經贏了……是嗎？不過也沒辦法保證這是他的真心話……

不對……不管怎樣，我依舊只能嘆氣。最好的選擇，就是不要進行戰鬥。無論是輸是贏，到頭來都只是徒勞無功。總覺得更累人了……

「話說，藍道夫先生。你說過自己知道人神的事情對吧。」

至少要趁沒忘記前先問個清楚。

光是知道人神，就是個貴重的人物。都走到這個地步，卻還是讓帕庫斯死了。要是沒有得到任何成果，也實在太沒面子。

「嗯，但我只是略有耳聞而已。」

「可以姑且說一下你聽過的內容嗎？」

「是沒關係……也不過是我的親戚在很久以前曾經借助人神的力量，和強大的敵人戰鬥過。」

「強大的敵人是嗎……？」

「據說他為了保護自己的未婚妻，聽從人神的提案竊取鬥神鎧，並穿上它來戰鬥。對手是當時被譽為最強的龍神拉普拉斯。結果他沒有成功保護未婚妻，幾乎是兩敗俱傷……」

藍道夫最後補了一句「很難以置信呢」，嘻嘻地笑了。

不過，這件事我好像曾在哪聽過。對了，記得奇希莉卡和奧爾斯帝德有說過。

龍神和鬥神曾戰鬥過什麼的……

「小時候，我經常在酒宴上聽說這件事。雖然八成是虛構故事……但也歸功於聽著這些故事成長，所以我才會聽過人神這個名字，僅此而已。」

不，這是很貴重的情報。

要說為什麼的話，因為這是有關人神以前的使徒的故事。

雖然奧爾斯帝德應該已經知道了。

但情報多少重複一些應該也沒關係。

「請問，那位親戚的名字是？」

「是比耶寇亞地區的魔王，巴迪岡迪。」

啊。這個嘛，唔——這樣的話，這個故事搞不好是空穴來風。

那個魔王陛下是豪爽又隨性的人。會編出這樣的故事也沒什麼好奇怪。

雖然我不認為奧爾斯帝德會說謊……不過，經常會有人把某人的武勇經歷宣稱為自己做過的嘛。

「非常感謝你……」

在最後的最後感到劇烈疲憊。連說話的力氣也沒了。

我竟然被這種東西折騰了這麼久嗎……唉。

現在感覺就是什麼都不要想，快回家好好睡一覺。仔細一想，今天整整一天都沒有睡。

「藍道夫啊，你今後有何打算？」

與我的對話結束之後，換成札諾巴向藍道夫詢問。

「我會直接前往王龍王國。」

「之後呢？」

「在孩子出生之前保護王妃，教導生下來的孩子劍術、學問與料理。」

他說出生，意思是班妮狄克特已經懷孕了嗎？

雖然從外觀是看不太出來……

「我希望讓他在受到誇獎的環境中成長，所以說不定會栽培成一個有些任性的孩子呢。」

「這樣啊。」

由班妮狄克特生下來，由藍道夫扶養長大。說不定，班妮狄克特也明白帕庫斯一心想尋死。

和藍道夫一樣，為什麼沒有阻止他呢……我不會這麼說。因為不可能沒有阻止過。對此最無法釋懷的，或許就是這兩個人吧。

「藍道夫先生，最後可以再問一件事嗎？」

札諾巴像是突然想到似的拋出了一個疑問。

在黑暗之中，骸骨般的臉龐歪了歪腦袋。

「你為什麼會如此死心塌地追隨帕庫斯？是因為王龍王國國王的命令嗎？」

藍道夫微微笑了。

「不是的。是因為我喜歡那位大人。」

「是嗎，那麼請容本王子向你道謝。」

「道謝……札諾巴殿下，你真是有趣的人呢。」

藍道夫維持淡淡的笑容，並轉向我這邊。

「噢，對了，魯迪烏斯大人。」

「是？怎麼了嗎？」

「還是別和人神扯上關係比較好喔。我親戚也是這麼說的，無論是作為敵人也好自己人也罷，最後似乎都不會有什麼好下場。」

「嗯……是啊。」

太遲了。可以的話，希望他能在十年前就告訴我。

「據說我的親戚，好像也是因為和人神扯上關係，所以才吃盡苦頭呢。」

巴迪岡迪。這麼說來，那傢伙的口氣聽起來也像是知道人神。

雖說我對他現在人在哪完全沒有頭緒……

「那麼各位，請多保重。」

「藍道夫先生也是。」

藍道夫最後與札諾巴互相握手，便轉身離去。

骸骨就此消失在黑夜之中。

「……」

後來，我們一行人沒再交談，回到了水車小屋，像爛泥般沉沉睡去。

★★★

隔天，在中午時分清醒的我們回到了王都。

王城已經遭到叛亂軍占領，王城外頭的集團也消失無蹤。城門的封鎖似乎也在不知不覺間解除了。

「空絕眼」。我不清楚藍道夫的魔眼究竟有什麼效果，以什麼樣的原理阻止敵人進入王城。不過，或許是因為他離開了王城，又或是由於時間到了而失效了吧。

可以看見遭到占領的王城飄出了類似煮飯時的白煙，能感覺到一股活力。

想必他們就像前陣子的卡隆堡壘的士兵那般，正陶醉在勝利之中吧。

能夠感受到活力的，並不是只有王城。

昏君的時代已經結束，今後將迎向光明的未來。

這種朝氣蓬勃的氛圍並非只限定在王城，甚至籠罩了整個鎮上。

相反的，也有毫無活力的區域。

就是城鎮的廣場。帕庫斯的屍體被擺放在此處示眾。他們似乎不打算對屍體表達敬意，讓其保持赤裸，不知為何肩頭處還有刀傷，全身都相當骯髒。

傷口和髒汙想必是事後才加的吧。

或許是想塑造出是由叛亂軍打倒的事實。

杰伊德將軍似乎正在宣稱「帕庫斯是愚蠢的暴君，本人所擁立的才是真正的王者」。算是一種宣傳手法。

實際上，帕庫斯究竟是不是愚蠢的暴君，對於沒受過政治教育的我來說難以判斷。

如果是以前的帕庫斯確實是那樣，但最近的帕庫斯既沒有特別愚昧，也不算是個暴君。不對，要是只針對將王族趕盡殺絕這件事來評論，稱為暴君的確是毋庸置疑。

然而，明明散播著這樣的謠言，向帕庫斯的屍體投擲石頭的人也是屈指可數。

雖然沒有理由敬愛他，但也不至於恨之入骨。

基本上，帕庫斯長期旅居他國，再加上在位期間過於短暫，說不定有許多人反而會覺得「結果這傢伙到底是誰啊」。

不感興趣的人占了大多數。

這就是他給人的印象。

「……」

看到這一幕的札諾巴，渾身震顫。他瞪大雙眼，握緊拳頭不斷顫抖。

我目睹了眼前的光景，也有某種心情油然而生。

果然還是應該將他火葬才對，不應該將屍體交給叛亂軍。畢竟占領王城的當下，他們應該也會認定自己贏了吧。

不，真要說的話，其實我應該有辦法救到帕庫斯吧？

雖然我沒料到他會直接跳樓，但只要和札諾巴一起跳下去，在空中使用魔術的話，搞不好……算了吧。

我根本就沒思考過帕庫斯會這麼簡單就跳下去。

事到如今都太遲了。應該要在更早的階段，就注意到他想自殺的念頭才對。

雖然，這也是不可能的……

「本王子……是不是又犯下錯誤了呢？」

當我埋頭思考的時候，札諾巴喃喃說了一句。

我並不了解他內心作何感想。札諾巴究竟有多認真地將帕庫斯視為弟弟看待，這點我無從而知。然而，只要看表情就能明白，札諾巴對帕庫斯確實抱著某種特殊的感情。

在我所不知曉的過去，說不定曾發生過什麼事。

「很難說呢……不過，只要看到這幕，想反抗下一任國王的傢伙自然會減少吧。國家……不就會變得安定了嗎？」

過程合情合理。只是令人難以釋懷。

這次叛亂不可能是那傢伙下令。叫杰伊德的將軍才是幕後黑手。

第十一王子。雖然我記不得叫什麼名字，但應該才三歲。

「……」

結果，杰伊德將軍才是人神的使徒嗎？

是不是應該殺掉他比較好？不過，假如他的目的是殺害帕庫斯，那也為時已晚了。

既然事情已經告一段落，他也有可能已經不再是人神的使徒。

算了吧。到目前為止一直都在做白工。現在的我不管做什麼，想必都只會得到事與願違的結果。

正確來說，我已經對自己的判斷沒有自信了。

最好先回去一趟，聽從奧爾斯帝德的指示。而且也必須要報告帕庫斯身亡的消息。話雖如此，也不能把札諾巴放著不管。

「札諾巴，我打算明天就回夏利亞，你要怎麼做？還要再稍微留在這裡一陣子嗎？」

「本王子也打算與師傅一同回去……但是在那之前，是否能先等金潔過來呢？她如今應該正趕往這裡才是。」

「啊，也對。我明白了。」

糟糕，完全忘記金潔了。

說得也是，必須先和她會合才行。總之先和金潔會合再開始行動吧。

這樣心想，然後我們離開了現場。

後來我們三人在王都找了間旅社投宿，經過了三天。

雖說原本也可以由我們主動朝著卡隆堡壘移動去與金潔會合，不過後來並沒有執行這項方案。因為想要儘早回去的同時，也覺得想再稍微看看這個國家。雖然就算只是多待個幾天，也無法了解國家的本質。

我姑且還是腳踏實地收集了情報。

鎮上到處都在談論與這次事件有關的傳聞。

包圍王都的叛亂軍、與帕庫斯率領的王國軍之間的戰鬥、杰伊德將軍等人與死神藍道夫長達數天的死鬥、下任國王是多麼聰明且尊貴云云。

在旅社的餐廳、河井旁、市場。

無法區分真假的傳言正在各處傳開。

而這些傳言多為捏造。
雖然俗話說勝者為王，但內容實在過於偏頗。
當然，想來不可能全都是由杰伊德將軍編的。
也有可能是完全無關的傢伙說出來的玩笑話，被講得煞有其事地流傳開來。
從謠言的傳播速度比想像中快上許多來看，打從在城外待命的時候，或許謠言就已經滿天飛了。
畢竟人這種生物，就是喜歡戲劇性的東西。
現實往往比小說來得離奇。
雖然奇妙卻無能為力，不具張力，令人鬱悶的才是現實。
在情報裡面，也有提到下任國王會將西隆王國的一半賣給北國。
這才讓我想到，停戰交涉不知進行得怎麼樣？
是由堡壘的部隊長接手處理嗎？或者是就這樣不了了之呢？
雖然不知道會有什麼結果，但札諾巴似乎已覺得無關緊要。
自從投宿在旅社之後，札諾巴便老是陷入沉思。
他總是日復一日地坐在椅子上發呆。
仔細想想，札諾巴失去了家人。
失去了兄弟、父親以及家庭。他雖然說過這個國家是他的故鄉，但失去自己容身之處的故鄉，或許已不再讓他感到有守護的價值。

不過，他感覺並沒有因此消沉或是悶悶不樂。單純是因為有很多事情必須思考吧。像是今後的打算之類。

感到消沉的是另外一人。

洛琪希。

她這幾天的話很少，或許是沒有食慾，飯也吃不多。每到夜晚，總是會擺出無精打采的表情凝視著暖爐。帕庫斯的死果然對她造成了很大的打擊。

這也難怪。

在最後的最後，帕庫斯對洛琪希抱怨了心裡話。就像是在表示自己會死都是因為妳的錯。如果是我，肯定會受到打擊。

「我回來了。」

「……歡迎回來。」

洛琪希今天也抱著膝蓋，愣愣地看著火光。

我一如往常在她的旁邊坐下。

「那個，洛琪希——……」

然後，口中的話也一如往常地停在這裡。儘管有很多話可以安慰她，但每句話都很陳腐又不負責任。實在不想說出口。

若是講出來，說不定能讓洛琪希多少得到慰藉……

「我記得——」

但是今天，洛琪希突然開口。

「當時的我，嘆了一口氣。」

洛琪希沒有看向這邊，但是，這是對著我說的。

她就像在懺悔似的，繼續說下去。

「在帕庫斯王子學會中級魔術的那一天。興高采烈地來向我展現成果，然而，我卻對他嘆了口氣。說不定，我有小聲地說『總算到這種程度了啊』。」

「那想必……很傷人呢。」

我這樣回應後，洛琪希便用力地抓住了長袍衣角。

「老實說，我在教導帕庫斯王子時，總是拿他和魯迪做比較。這個問題如果是魯迪立刻就能理解，這個魔術如果是魯迪馬上就能學會。甚至認為，這孩子比魯迪還要來得不長進。或許，我是這樣藐視他的。」

我很快就學會了中級魔術。想必洛琪希也和我一樣，輕而易舉地就學會了吧。

不過，那並非每個人都能輕鬆學會的東西。因為我曾教過艾莉絲和基列奴，自然很清楚這點。

想必帕庫斯也努力過了。他以自己的方式努力，下了工夫，經過練習，所以才學會的。

所以他打算讓洛琪希見識，認為會因此受到誇獎，卻只換來一聲嘆氣。如果我在布耶納村的時候被這麼對待的話……

應該就不會尊敬洛琪希，或許也不會結婚了吧。

「當時，我始終只望著高處。習得了王級魔術之後，打算把目標放在更高的地方。或許那是一種傲慢，甚至會讓我鄙視比自己差勁的人。」

洛琪希抿緊下唇，用力地抱著膝蓋。

我輕撫了她的背。洛琪希的身子微微一震。

「我以為我反省過了。認為自己失敗了，下次要做得更好。」

洛琪希的眼眶轉眼間就充滿了淚珠。

「可是，我根本就沒有反省。雖然我有隱約察覺到自己的教學方式有錯，卻認定是王宮的環境才會讓他變成那樣，把自己的行為正當化。」。

洛琪希的眼裡流出了斗大的淚珠。

「完全沒有意識到，是我自己的態度改變了帕庫斯王子。直到前幾天，他親自說出口之前，我一直……一直都沒有察覺到。」

淚水接連不斷地落下，她像是要擋住淚水般地把臉埋進了膝蓋之間。

我輕輕地撫摸著縮成一團的她的背後。

「明明帕庫斯王子，根本就沒有下次了……」

洛琪希就這樣哭了。我持續地輕撫她的背，就這樣持續了好一段時間。

只是不停地撫摸著洛琪希由於嗚咽而顫抖的背部。

不久，洛琪希停止哭泣。

她抬起頭，以充血而整個發紅的眼睛看著我。

「魯迪，我以後……還可以繼續當個教師嗎？」

「……」

應該怎麼回答才好。我沒有答案。因為我不是教師。

只不過，我以前曾對她說過一句話。

「老師。」

只是從某款遊戲或漫畫抄來，很表面的一句話。

現在聽來或許會很虛情假意。或許只不過是安慰，或許只是在搪塞事實。

「老師並沒有犯錯，而是累積了經驗。」

可是我不認為這是錯的。

「只要老師不再犯下相同的錯誤，老師的學生們，每個人都會被教導得像我一樣出色，過著幸福的日子。」

「……」

洛琪希目不轉睛地盯著我。

水藍色秀髮、水藍色睫毛、顫抖的小嘴。當時雖然是無法觸及的存在，但現在卻不同。
「魯迪，你很幸福嗎？」
「是的，雖然也經歷過痛苦的事，但多虧有洛琪希老師的教導，我現在過得很幸福。」
「魯迪……老是這麼說呢。」
那是當然的。畢竟那是事實，自然不會每過一天就換一套說法。
「雖然我沒辦法好好說明……但我之所以能踏出人生的第一步，是因為老師讓我騎上馬的緣故。」
「太誇張了……肯定因為那是以前的事情，所以才會讓你有這樣的想法。」
「或許是誇張了點沒錯，但毫無疑問的是，我每次失敗的同時都會想起往前邁進的老師，這樣會帶給我勇氣。」
我以正經表情這樣說道。
確實，或許是因為洛琪希這名教師，而使得一名學生走上了錯誤的道路。
雖然可以說並非只錯在洛琪希，而達到一時安慰的效果，但既然她覺得自己有責任感，那麼在她的心中，殺死帕庫斯的人就是她自己。
不過反過來說，也有學生因為洛琪希這名教師而活了下來。
我就是如此。
能讓我活到今天的人並不是只有洛琪希。

不過，有一部分得歸功於洛琪希，這點毫無疑問。

「我不打算說什麼這次的事就忘了吧，反而認為別忘記才是好事。不過與此同時，也有像我一樣因為洛琪希而活下來的人，請妳不要忘記這點。」

我自認這番話聽來很自以為是。

但卻是真心話。我不希望洛琪希否定身為教師的生存方式。

「……」

洛琪希呆愣著一張臉凝視著我。嘴巴略為張開，睜大了紅紅的眼睛，像是注意到什麼那般，身體微微顫抖，鼻子流出了鼻水，又慌慌張張地把臉埋進雙膝之間。

「魯迪。」

「是。」

「菈菈她肯定是想讓我與帕庫斯王子再見一面吧……」

我不知道答案。這件事只有菈菈知道。

就算對洛琪希來說是那樣，但對我來說或許不是。

「……肯定是吧。」

後來，洛琪希哭了一陣子。

我一直陪在她身旁。

隔天開始，洛琪希變得稍微有精神了。

經過了五天左右。

杰伊德將軍似乎在規劃加冕儀式。雖說他想盛大舉行，但這個國家應該沒有那種餘裕。不過，讓世人得知領導者換人也是很重要的吧。

就在聽到這個傳聞的時期，我們與金潔順利會合。

我們前往王都不久，她似乎也在恢復了體力之後追著我們從卡隆堡壘出發。

之所以晚了一些，聽說是因為馬匹在途中被操壞，為了尋找代用的馬匹才會多花了時間。

她看到王都的狀況，然後詢問我們發生了什麼事，有一瞬間露出了理所當然的神色，但馬上又換上原本的表情，低聲說了一句「這樣啊」的感想。

因為帕庫斯曾對她做出過分對待，這也是無可奈何。

雖然知道這是理所當然，但還是讓人鬱悶。

「那麼，札諾巴大人今後有何打算？」

「唔嗯。」

「您果然……要繼續守護這個國家嗎？」

這樣詢問的時候，金潔的表情雖然很平靜，但聲音卻有些許顫抖。

帕庫斯死了。沒有人會威脅札諾巴的性命。雖說下任國王或許會把札諾巴視為危險人物，但杰伊德是能幹的男人。他和帕庫斯不同，對札諾巴並無私人恩怨，應該也知道神子的價值。

儘管同樣是個危險人物，但應該是能靠道理來溝通的對象。可以說是比帕庫斯更好對付，更好服侍的人物。

「不。」

然而，札諾巴卻無力地搖頭。

「本王子要回魔法都市夏利亞。」

「……是！」

金潔以誇張動作點頭，臉上表現出些許開心神色。雖說金潔希望札諾巴能成為一名出色的王族，但想必更希望他繼續活下去吧。

老實說我也鬆了口氣。

不管怎麼樣，起碼達成了最初的目的。

我一邊這樣想著，同時望向札諾巴的臉，然後湧起了不好的預感。

「金潔啊。」

因為，札諾巴露出了下定決心的表情。

和他決定來到西隆王國之前相同，是下定決心的表情。

「本王子……打算捨棄這個國家。」

「捨棄、國家……啊，您是說要流亡嗎？我認為這是個好主意。拉諾亞王國應該會爽快地接納札諾巴大人，若是有魯迪烏斯大人幫忙說情，阿斯拉王國也……」

「不，並非流亡。」

札諾巴再一次搖了搖頭。

然後，像是要說給金潔聽似的，低頭看著跪在地上的她。

「本王子打算捨棄王族的身分。把自己視為已經在這次的叛亂中身亡，不是作為西隆王國第三王子札諾巴・西隆，而是作為平凡的札諾巴，認真地度過今後的餘生。」

金潔頓時愁眉苦臉。想必是不願意吧。對我而言，並不太了解捨棄身分是什麼感覺。

畢竟我的身分也沒有多高尚。

「……我認為這也是不錯的想法。」

不過，金潔卻沒有否定。

畢竟住在夏利亞那時的札諾巴，每天看起來都很開心，事到如今再回到西隆王國，肯定也沒有他的容身之處，就算流亡到國外，也只是會被作為神子遭到利用罷了。

既然如此，不如捨棄身分才能過上自己喜歡的生活。

雖說不再是王族之後會有金錢方面的問題……但是這部分倒是能由我來為他斡旋工作。

可以讓他成為魔導鎧的專屬技師來支付薪水，如果不願意的話，就讓他在傭兵團找些差事也行。

「嗯。金潔啊，至今為止受妳照顧了。」

「實在不敢當……」

札諾巴心滿意足地點頭。金潔也露出如釋重負的臉撫摸著自己的胸口。
「……當然，我今後也會繼續服侍札諾巴大人。」
金潔說得像是理所當然似的，但札諾巴卻皺起眉頭。
「可是，雖說妳是本王子的禁衛隊，但也是西隆的騎士。一旦本王子不再是王族，自然也沒有繼續服侍的理由了吧。」
「不，對於本人來說，札諾巴大人是否為王族，不過是瑣碎的問題而已。」
「嗯，但本王子可無法支付薪水喔？我記得妳應該有在供應家人生活補貼對吧？」
「家人們都已長大成人，自立自強。已經沒有需要扶養的對象。」
兩個人在那之後不斷地一問一答。
不肯點頭的札諾巴，與不肯罷休的金潔。可是，札諾巴的提問逐漸模糊了焦點。
「要是繼續待在本王子的身邊，說不定會錯過適婚年齡啊？」
札諾巴在最後，提出了這樣的問題。
適婚年齡……話說回來，金潔現在到底幾歲啊？考慮到這個世界的適婚年齡的話，感覺已經過了就是。
「結婚什麼的！」
這時，金潔也感到不耐煩了。
她猛然抬頭，張開雙手。變成跪立的姿勢。這是在做什麼……當我這麼想時，她便猛然把身體趴到地上。五體投地。

在西隆王國，該不會是用五體投地來表現出最大的敬意吧？

畢竟札諾巴也做過好幾次。

「米涅蘞瓦大人當年親口將札諾巴託付給我！就算札諾巴大人不再是王族，也根本無關！就算不是作為騎士，而是作為侍女也無所謂！求求您！假如您真的為屬下設想，還請您務必讓我留在您身邊！」

這突如其來的舉動讓我無法掩飾內心的困惑。

我記得米涅蘞瓦是札諾巴母親的名字吧……

「嗯。」

札諾巴像是在思考似的把手抵在下巴，然後緩緩地蹲了下來。

「金潔，本王子已經明白妳的想法。抬起頭來。」

「…………」

金潔露出快哭出來的表情，並挺起上半身。

「既然妳都說到這個份上了，本王子當然也不會勉強把妳拋下。只不過，本王子不會將妳視為騎士或是隨從。今後，請妳以一名理解者的身分陪在我的身邊，可以嗎？」

金潔的眼中撲簌簌地流出了斗大淚珠。

「是！」

然後，再一次五體投地。

真是美麗的光景……應該是吧。雖說這畫面看起來挺詭異的。

不管怎樣，既然札諾巴決定要回去，這次的事情也算告一段落了。

就算講客套話也不能說是皆大歡喜，畢竟並沒有成功解決。

餘悸也令人難受，只徒留敗北感、徒勞感以及壓力。

但結束就是結束了，回去吧。

第十二話「札諾巴所選的路」

★札諾巴觀點★

從前，本王子無法區別人類與人偶有何區別。

會說話或是不會說話，認為頂多只有這種程度的差異。

雖說在成長一些之後變得能夠分辨，但並沒有太大變化。人類這種東西，只要稍微甩一下，手臂就會被扯下，脖子就會被扭斷。和隨處可見的木頭人偶別無二致。

本王子喜歡人偶。純粹喜歡人偶這種東西。儘管人偶的作工有精緻低劣之別，樣式五花八門，但即使作工粗糙，也有許多人偶受到本王子喜愛。

至於所謂的人類……就是討厭的人偶。

區區人偶竟然老是對本王子抱怨，限制本王子的自由，是令人討厭的人偶。

應該是遇見師傅之後，這樣的想法才產生了變化。

當然改變並非突然發生。和師傅相遇，前往魔法都市夏利亞，與師傅再會，經過數年……曾幾何時，本王子已不再討厭所有人類。

至於契機，想必是茱麗吧。

由本王子、師傅以及希露菲小姐所挑選的，用來製作人偶的奴隸。起初不僅話也不會講，也沒辦法好好照顧自己，是個麻煩的存在。

師傅吩咐本王子好好保護那樣的存在。儘管覺得麻煩，但無論任何人偶，不從木片開始雕起也不會成型。因此本王子叮囑自己要好好珍惜她，一點一滴地教導教導她各式各樣的知識。

就在這樣的過程當中，茱麗不知不覺間已不再是麻煩的存在。

這並不難理解。

她會老實地聽從本王子說的話，並迅速吸收師傅的技術。

看到她逐步成長為比目前所遇過的任何人，更符合本王子喜好的人類，自然不會有討厭的道理。

或許是和她開始生活的那陣子開始吧，其他的人類看起來也變得稍有不同。

應該是在金潔來的時候，才讓本王子注意到這點吧。

金潔曾是個老是會對本王子發牢騷的存在。她誤以為無聊的瑣碎小事才是重要，凡事都從旁枝末節開始說起。但是樹根比起枝葉更為重要，只要根部牢固，就算枝葉稀少也會長出漂亮的葉子，即使本王子如此說明，她也始終無法理解。

說實話，她是個礙事的存在。

然而，再會的那時卻變得不再礙事。儘管她依舊經常碎唸，但不知為何變得不再礙事。

為什麼？為什麼本王子會有如此的改變？

毫無疑問，是由於師傅的影響吧。

師傅絕對不會棄本王子不顧。對這個既笨拙，空有一身蠻力，就算試圖製作人偶也會立刻搞砸的男人；對這個魔力稀少，無法回應師傅期待的男人；對這個無論師傅如何教導製作人偶的核心技術，到頭來也都只是白費力氣的男人。

本王子幾近放棄，認為自己根本無法製作人偶，認為製作人偶終究是屬於神的領域。

但是，師傅並沒有放棄。他竭盡所能，試圖傳授本王子製作人偶的方法。努力讓本王子與製作人偶扯上關係。

本王子很開心。

如此重視著本王子的存在，至今從來沒出現過。

所以，要是沒有師傅，本王子想必不會察覺金潔的用心。

就算是愚昧的本王子，這時也總算注意到了。
人偶與人類不同。
本王子總算也理解了這件事至關重要。儘管愚昧的本王子還無法理解為何重要，但至少是懂了。
師傅在教導時，從來沒有把這樣的事情說出口。
只是以行動來表示。讓本王子「注意到」這件事。即使只是如此，師傅對本王子依舊有恩，也值得尊敬。甚至讓本王子感到能把這樣的人物尊為師長，令人十分自豪。
然而，愚昧的本王子也曾經無法理解師傅的行動。
比方說，七星小姐的事。塞倫特．賽文斯塔。七星靜香小姐。
為了回到故鄉，她似乎在研究召喚魔法陣。
至於那個故鄉究竟在哪，她不肯明說，本王子也沒有興趣。
唯一能說的，就是對本王子來說，故鄉是個只有不好回憶的場所。
本王子與強烈希望回到故鄉的七星小姐沒有共鳴的部分。聽說師傅對自己故鄉的阿斯拉王國也有許多不堪回首的回憶。
明明如此，師傅卻奉獻一切幫助七星小姐。當七星小姐的心嚴重受挫時，將她帶回自己家照顧；當七星小姐染上重症之時，甚至旅行到魔大陸尋找治療方法。
本王子也有幫忙。不知為何，自己對這件事並不排斥。因為是師傅要做的事情，不過是幫師傅的忙罷了，本王子並沒有想得那麼深入。只不過，本王子始終不明白師傅要幫七星小姐的理由。

就在這時，本王子的內心也產生了變化。

曾幾何時，本王子也開始思念起故鄉了。雖說只是偶爾，但有一天會突然莫名地懷念那令人不快的西隆王宮。

因為七星小姐老是把故鄉掛在嘴邊，想必是被她傳染了吧。

本王子認為是因為這樣。

當西隆王國——帕庫斯送來請求支援的信時，之所以能立刻得出「不去不行」的這個結論。是因為本王子其實喜歡這個國家，其實考慮過在緊要關頭得保衛國家，而現在就是那個時候，自然非得行動不可。當時本王子是這樣的想法。

但是錯了。

在卡隆堡壘，師傅勸說要回夏利亞時，本王子的內心動搖了。

本王子想回去。因為與師傅製作人偶的每一天既快樂又充實，甚至讓本王子認為國家的事情根本無所謂。但是本王子不能回去。

不可以一走了之。當時只是這麼想。

「因為帕庫斯是弟弟，所以想救他」。

這句話不過是情急之下脫口而出的片面之詞。

本王子在心裡盤算，只要這麼說的話，師傅肯定也會接受。
但是，卻莫名地有感觸。
不清楚理由為何。
本王子曾聽說一旦說謊，心裡就會產生打從一開始就是如此打算的想法，認為是這個緣故所致。
不過，並非如此。
當帕庫斯跳樓，看見他的屍骸時，本王子才理解到這點。
以前的往事突然閃過腦海。是兄長大人——第二王子邀請本王子到他主辦的派對那時的事。
如今已不記得那是為何而辦的派對。
也並不是非得出席不可的場合。
至於為什麼會出席，如今也沒有印象。
唯一記得的，就是當時還很年幼的帕庫斯偶然坐在本王子旁邊的位子。
那是在洛琪希小姐尚未來到西隆之前的事。當時，帕庫斯應該還未滿十歲。
彼此沒有對話，只是坐在旁邊而已。
儘管感覺到帕庫斯有主動搭話的念頭，但本王子認為很麻煩，甚至連看都不看帕庫斯一眼。帕庫斯到了最後，也始終沒能向本王子搭話。

雖然帕庫斯並沒主動開口，但在某種意義上，本王子無視了他。

抱起帕庫斯的屍骸時，本王子突然想到。

為什麼，當時會連一聲招呼都沒有說呢？

這時一切的疑惑都解開了。

自己不可理解的行動，師傅對七星小姐的行動，這些意義全都明白了。

理解了。

師傅恐怕是將七星小姐當作妹妹看待。

明明師傅就有親妹妹，為什麼本王子沒注意到呢？

尤其是師傅對待年長妹妹的方式，與對待七星小姐的方式非常相像。雖說有些出入，但依舊很相似。會在一旁觀望她們所做的事，要是出了狀況就伸出援手。師傅照顧七星小姐的方式，就有如疼愛妹妹一般。

而自己為什麼會去幫忙呢？幫忙之後，又是為什麼會回憶起故鄉呢？在收到帕庫斯的信時，為什麼不顧眾人的反對也執意回國呢？在卡隆堡壘的戰鬥之後，為什麼會認為非得救出帕庫斯不可呢？

為什麼，會反射性地說出那種謊言？

為什麼，會對那個謊言有所感觸？

本王子明白了，全部都明白了。一切都串連起來了。

不過，太遲了。不應該那麼晚才意識到的。

帕庫斯死了。本王子沒辦法像師傅一樣。

但是，還有事情可做。

★魯迪烏斯觀點★

我們回到了魔法都市夏利亞。

俗話說來時容易回時難，但是該怎麼說呢，我們回程倒是一帆風順。

使用魔導鎧拖曳馬車前進。抵達森林後準備好轉移魔法陣，再與札諾巴兩人將魔導鎧拆解後搬入空中要塞。

只讓洛琪希先行回去之後，我和札諾巴向佩爾基烏斯報告歸還一事。

佩爾基烏斯說了句「是嗎」，以冷淡態度迎接我們後，便將我們帶往之前的房間，接著訓示說「被國家束縛實在是愚蠢至極」。札諾巴坦率地點頭，並說明將會放棄王族身分之後，佩爾基烏斯似乎感到很是滿意。

佩爾基烏斯也以一句「辛苦了」慰勞我。

不管怎麼說，免於失去一位喝茶談天的朋友，想必讓他鬆了口氣吧。

順帶一提，雖然也把我們回來的事知會了七星，但她卻是「唉」的嘆了口氣。

都已經哭著道別卻又半途返回，當時的感動就像是一場鬧劇。我可以了解她的心情。

好啦，艾莉絲也差不多到預產期了。

起碼在孩子出生時得陪在她身邊才行。該回家了。

但是，在那之前還有件事得做。

就是向奧爾斯帝德報告。

這次，被人神將了一軍。

雖說帶回札諾巴的這個目的是達成了，我個人也沒有任何損失。

但以結果來說，我們沒有搞清楚人神的目的，帕庫斯就死了。由於西隆共和國會在將來誕生出對奧爾斯帝德來說很重要的人物，換個角度想，就是一枚強力的棋子被吃掉了。可以說徹底失敗。

這樣一想，就會覺得回來夏利亞的決定或許過於輕率。

應該暫時逗留在那個國家一陣子，推動建立共和國的計畫……

不，要是這樣就有辦法建立共和國，奧爾斯帝德也不會說出「拯救帕庫斯」這種話。

不管怎麼樣，還是該把發生的事情老實說出來才行。

然後，如果有辦法彌補的話，就去執行。

「那麼洛琪希，我要先繞去事務所一趟。而且也想先把魔導鎧收好。」

「明白了。那麼，我就先回去向家人報平安。」
我在鎮上的入口附近與洛琪希道別，準備前往事務所。
然而，札諾巴不知為何跟了過來。
「怎麼啦，札諾巴？」
「不，歸功於那套鎧甲，本王子才能保住一命，因此希望向奧爾斯帝德致謝，並為弄壞鎧甲一事賠罪。」
「這樣啊。」
札諾巴居然要向奧爾斯帝德道謝，真是難得。
由於詛咒的影響，我以為他對奧爾斯帝德應該不會有這種感情。會是克里夫的研究成果嗎……雖然他要是直接看到奧爾斯帝德，說不定又會向他出手，但到時我再阻止他就好。
我理出這樣的結論，與札諾巴一同回到了事務所。
將魔導鎧收進武器庫，把門鎖好之後移動到本館。穿過空無一人的大廳，前往社長室。
「嘶……」
——進去之前，先深呼吸。
這次要報告失敗。雖說至今為止也失敗過不少次……但這次是嚴重的失敗。
說不定會受到責備。
……會不會今天剛好不在啊？

不不不，既然要報告的話當然愈快愈好。

好，首先敲個門吧。敲門會讓人的內心獲得餘裕。敲門代表著冷靜與禮儀。

我以手指輕輕地，叩叩。

「魯迪烏斯嗎？」

啊，沒有不在嗎？

但是，必須說明的內容已經事先整理好了。誠實地、正直地面對吧。

「打擾了！魯迪烏斯．格雷拉特，現在從西隆王國歸來了！」

我猛然開門進入室內，彎腰行了一禮，然後抬起頭。

「呼啊！」

發出了奇怪的聲音。

奧爾斯帝德的頭上戴著黑色的全罩式頭盔。

這……難不成是那個嗎？克里夫做的新的臉……不對，魔道具嗎？

「看樣子你平安回來了啊。」

「……是……是的。」

儘管第一步失敗，但毋須在意。要誠心誠意地報告這次的失敗。

要說：「沒有獲得任何成果！」不，不用那麼誇張。（註：出自《進擊的巨人》）

「報告——」

我以平淡語氣報告了這次事情的經過。

注意到什麼，沒注意到什麼。

就算待會遭到指責也沒關係，一項一項，冷靜、仔細地報告。

我對於每件事想到什麼，又是怎麼思考。與誰討論，做出了什麼樣的結論後才行動的。

然後，結果又是如何。猜測人神的企圖，以及認為該如何行動才是正確答案。把這些事情做了個總結向奧爾斯帝德報告。

「實在非常抱歉。無法完成您交待的命令，讓帕庫斯王子因此喪命。」

最後，低頭賠罪。

無論怎麼用話語掩飾，失敗就是失敗。如果有處罰我也會心甘情願接受。

「……」

奧爾斯帝德散發出一股沉重的氛圍。

由於看不出他的表情，顯得比平常更加可怕。

老實說，以我個人來說反而是戴著頭盔時更令人害怕。

是說，為什麼還戴著啊？就不能拿下來嗎……

「王龍王國國王雷奧納多．金格杜拉岡是人神的使徒。恐怕西隆王國將軍杰伊德也是使徒吧。人神操控這兩人，將帕庫斯逼到絕境，誘使他走上自殺的絕路。」

奧爾斯帝德做出這樣的結論。

使徒有兩人。首先是操控王龍王國的國王支援帕庫斯，在那時對帕庫斯的內心植入了「必須要回應王龍王國國王的期待」這樣的想法。將公主許配給他，賜給他死神，讓他進入萬全的狀態……再操縱杰伊德讓他失敗。

以流程來說大概是這種感覺吧。既然人神看得見未來，應該也很清楚讓誰採取何種行動，就能致使帕庫斯自殺。

儘管不能肯定實際上是否就是如此，但這是最有力的推測。

「最後的一個人是？」

「另外一個人，是畢斯塔的國王吧……或許也很有可能沒這個人。」

「話說回來死神曾經提到，魔王巴迪岡迪從前似乎也有可能是使徒。」

「……那個魔王若是使徒，不可能會不見蹤影。」

噢，的確。畢竟他很喜歡引人注目嘛……

不管怎麼樣，我對人神來說應該是異質的存在。

正因為如此，應該要料到他會積極地把我不太可能遇上的人變成使徒。

可是，我卻沒有注意到人神的意圖。實在丟臉。

「是不是應該趁現在收拾掉杰伊德呢……？」

「已經太遲了。」

奧爾斯帝德發出了不帶感情的聲音。

「那個，實在是非常抱歉。」

「我事前做出了錯誤的預測，而且在殺死雷奧納多之後，應該要緊接著前往西隆王國，而不是全部交給你處理，這是我必須反省的點……但是……」

說到這裡，奧爾斯帝德便不發一語。

他似乎不打算說「別在意」的樣子。想必這次的失敗，就是有如此嚴重吧。

「那個，是不是能找其他人來頂替帕庫斯呢？」

「無法頂替。」

「不管怎麼做都沒辦法嗎？」

「……」

默不吭聲。原來西隆共和國是如此重要的關鍵嗎？難怪他會鄭重地叮嚀我兩次。該怎麼辦？要怎麼挽回才好？

「奧爾斯帝德大人，是否能借一步說話？」

這時，從我的身後傳來了聲音。

我轉頭望去，是札諾巴。他什麼時候在這的……不對，打從一開始就在了。因為他沒說話，我還以為他在外面等。

「札諾巴．西隆嗎……」

奧爾斯帝德似乎也是剛剛才注意到。

不，實際上他或許就是剛才才注意到。畢竟那個頭盔應該看不見前面……這麼一說我才發現，原來已經能戴著那個頭盔發出聲音了啊。這表示也可以呼吸了吧？

「首先請容我道謝，將鎧甲出借於我，實在是感激不盡。雖說鎧甲遭到破壞，但也讓我因此保住一命。」

札諾巴往前踏出一步並蹲下腰。

雖然無法得知奧爾斯帝德的表情，但歸功於頭盔的關係，印象應該有稍稍緩和一些。

啊，所以他才會一直戴著頭盔嗎？

其實他打從一開始就察覺到札諾巴的氣息，才會事先戴好的嗎？

「道謝的話和魯迪烏斯說就行。就這樣嗎？」

「不，不只這樣。」

只是要道謝。他剛才的口氣似乎是這麼說的，但札諾巴又再次往前跨出一步。

簡直就像是要對奧爾斯帝德施加壓力。

「聽過剛才師傅所說的話，這次事件是與奧爾斯帝德大人敵對勢力的戰鬥，而帕庫斯被捲入其中……請問我的理解正確嗎？」

「沒錯。」

難道說，札諾巴認為這次的事得歸咎在奧爾斯帝德身上嗎？

如果是的話，我最好阻止札諾巴。

「但是，從剛才那番話聽起來，奧爾斯帝德大人是打算要拯救我弟弟的，是嗎？」
「我並不是打算救他。而是想要從他催生的國家誕生於世的人物。」
「催生的國家？誕生於世的人物……？」
「至於那是什麼意思，就算說了你也不會懂。」
今天的奧爾斯帝德講起話來非常耐人尋味。
然而，那也是我想知道的環節。要是搞不懂這部分的意義，自然沒辦法挽回。
「奧爾斯帝德大人，可以的話，希望您能針對這部分為我們詳細說明。」
「……」
說完這句話後，奧爾斯帝德陷入了沉默
房間內頓時陷入一片寂靜，聽得見頭盔傳來的呼吸聲。喀呼——要不是在這種狀況，是會緩解緊張感的聲音。但是，現在連那個呼吸聲聽來都像是憤怒的氣息，讓我愈是緊張。
「……帕庫斯．西隆成為國王之後，將會創立共和國。」
這件事之前也聽過。我想知道的是之後的事。
「轉型為共和國一陣子之後，一名曾是奴隸商人的男人會嶄露頭角。名叫伯爾特．馬其頓斯。帕庫斯將會重用那個男人。」
伯爾特．馬其頓斯。那就是這次的重要人物嗎？
「伯爾特．馬其頓斯會成為國家的重鎮。為西隆共和國打下基礎。」

「請問這名人物會起什麼作用？」

「伯爾特．馬其頓斯本身不會有任何作為。只不過，魔神拉普拉斯會從他的子孫中誕生。」

拉普拉斯，居然在這聽到他的名字。

「既然帕庫斯死了，如今已無法得知拉普拉斯會在哪出生。」

換句話說，帕庫斯建立共和國，是確立拉普拉斯誕生場所的必要條件嗎？

「不過，比方說現在開始建立共和國……或者是幫忙伯爾特．馬其頓斯把應該會跟他結婚生子的對象撮合在一起……」

「沒用的。你以為我從來沒試過嗎？」

在漫長的輪迴之中，想必奧爾斯帝德也嘗試過各式各樣的手段。

他透過亂數調整，掌握了具有高隨機性的拉普拉斯誕生事件。

恐怕不只是西隆共和國。他花上百年時間，所做的一切都是為了讓拉普拉斯精準地在那一點誕生。我至今做過的工作裡面，可能有一部分就是為了這個目的而做。

一旦一個步驟亂掉，就再也無法按照計畫進行。

「為了前往人神的所在，拉普拉斯是勢必得殺死的對象。那傢伙復活之後，會歷經一段時間的潛伏期養精蓄銳，然後會聚集同伴發動戰爭。要一邊打倒那傢伙的手下一邊收拾拉普拉斯，需要耗費龐大的勞力與魔力。而在那之後，就必須立刻和人神戰鬥。」

「那個……不能換個流程，打倒拉普拉斯之後，先等魔力恢復如何呢？」

「拉普拉斯復活的時期基本上不會更動，是在輪迴即將結束的時期。我雖然也計劃過讓他在更早的階段復活，但辦不到。」

奧爾斯帝德重重地嘆了口氣，這樣說道。

「一旦經由戰爭就無法取下人神性命。這次的輪迴，失敗了。」

失敗。

這個詞彙猶如回音一樣在我腦海內迴響。那為什麼你不親自來西隆呢？我內心人渣的部分這麼吶喊，但並沒有說出口。

他把工作託付給我，我卻搞砸了。這次事件是要確認我是否能派上用場的試金石。已經沒救了嗎？我讓他失望了嗎……奧爾斯帝德是不是已經放棄這次的輪迴了？如果是的話，那我以後會怎麼樣……？我的家人呢……？

「要認定失敗，本王子認為還言之過早。」

這時，札諾巴發出了爽朗的聲音。

札諾巴對剛才那番話理解到什麼程度？

突然提到有關未來的事情，是不是正感到混亂？

「既然不得不收拾將來會派兵遣將發動戰爭的拉普拉斯，我們也從現在開始儲備戰力即可。」

「哦？」

「建立一支軍隊……應該不至於如此大費周章。我們從現在開始就聚集能打倒拉普拉斯的人才，招攬為伙伴。」

喔，札諾巴說得真好。

沒錯。既然魔力的損耗是個問題，只要別讓奧爾斯帝德出手就行。

「奧爾斯帝德大人由於詛咒而無法招攬伙伴，但有師傅在……而且本王子也會幫忙。」

這時，札諾巴移動到奧爾斯帝德前面，單膝跪地垂下頭。

「剛才的提案，是說到一半才臨時想到。說不定會有不正確的地方。」

雖然不知道是否正確，但我認為是個不錯的主意。

拉普拉斯復活……是在距今八十年後吧。復活的時期大致底定就表示誤差只有幾年。在那之前，將強力的伙伴——死神以及佩爾基烏斯這種人才大量聚集起來，給復活後的拉普拉斯一記迎頭痛擊。這樣一來，奧爾斯帝德就能毫髮無傷。

「詳細狀況本王子並不了解，但聽聞兩位正在合力與那個人神戰鬥。而且那個人神……」

話說到這邊打住，札諾巴抬頭……望了奧爾斯帝德一眼。

然後，他把手放到地上。

「也是殺死本王子弟弟的仇人。」

札諾巴整個人趴臥在地上。

五體投地。

並非像往常那般把身體整個拋向地面，而是動作從容，優雅的五體投地。

「還請務必讓本王子也在奧爾斯帝德大人的底下賣命。」

「………………」

「本王子想報仇！」

我感覺奧爾斯帝德向我瞥了一眼。

雖然他的視線應該被擋住了……不過是想要我給他意見嗎？

「要是札諾巴成為伙伴，也能進一步強化魔導鎧。況且剛才的提案也很不錯。再加上課題也因為這次事件而增加了，在我看來，就算是多一個人……」

「知道了。」

奧爾斯帝德沒有聽到最後。

而是點頭，挺起身子，俯視札諾巴。然後如此說道：

「那麼，你就在魯迪烏斯麾下聽從他的指示。既然你說要招攬伙伴，就做給我看。」

「……遵命！」

奧爾斯帝德依舊戴著頭盔。

札諾巴仍然趴在地上。

札諾巴成為奧爾斯帝德的部下，成為我的同事。

帕庫斯死了。

西隆共和國將不會誕生。奧爾斯帝德的計畫也被大大打亂。

損失慘重。都怪我沒有把事情辦好。

相對的，札諾巴成為了伙伴。我還不清楚這會造成什麼樣的結果。

至少只要有他在，魔導鎧方面就有辦法做出進一步的改良……

不過話又說回來，我個人的存在對奧爾斯帝德來說算是有益處的嗎？

之前是聽說目前為止的工作創造出了相當多的餘裕，但感覺也因為這次的事而全部泡湯。

或者該說，也有損失較為慘重的可能性。

能藉由今後的成果，讓我的存在帶來比損失更大的利益嗎？

不，我非得成為那樣的存在。否則的話，就不知道奧爾斯帝德是為了什麼拯救我脫離人神的魔爪。

況且，奧爾斯帝德或許可以爽快地前往下次輪迴，但我只有現在啊。

人生只有一次，能重頭來過只能說是奇蹟。奇蹟想來不會再出現第二次。

我必須更加全力以赴地，活在這個人生。

就算是能夠再一次重新度過魯迪烏斯·格雷拉特的人生也一樣。

現在的我對奧爾斯帝德來說只是絆腳石。要是造成阻礙，不僅是派不上用場，一旦他認為我的存在有害，確實有可能果斷地捨棄我。

不在這裡全力以赴的話，就沒有下次了。

假如我對奧爾斯帝德來說是有害的，下次輪迴之後的我，就會和這次同樣遭到人神欺騙，穿越到過去，被迫與奧爾斯帝德戰鬥……然後遭到殺害。說不定，他有可能在更早的階段就殺掉我。在布耶納村的孩提時代、在擔任艾莉絲家庭教師的時期，或者是在旅行到阿斯拉王國的途中。這部分得根據今後會發生什麼事而定吧……

奧爾斯帝德對我很親切。

雖說有著各式各樣的理由，但相信有大部分是為了自己的盤算。他有可能是在試探該怎麼做我才會開心，為下次輪迴做準備，我不能忘記這樣的可能性。

這次我仍然有天真的地方。

在內心某處，認為只要聽從奧爾斯帝德，遇上緊要關頭只要向他求救，總會有辦法解決，總會幫我處理。我確實是這麼認為。

不能依賴奧爾斯帝德。

我要把這件事再一次銘記於心。

第十三話「應該要開心」

那麼，該回家報平安了。

艾莉絲在即將生產時或許也會變得歇斯底里。因為她也會有情緒低落的時候。

至於札諾巴，因為得把茱麗交還給他，所以決定先帶他回我家一趟。雖說讓茱麗暫時寄宿在我家也沒關係，但是她和札諾巴在一起也會比較開心吧。順帶一提，金潔已經在為了尋找札諾巴的落腳處而四處奔波。因為大學宿舍已經退掉了。

宿舍姑且不論，能不能想辦法讓他復學呢？

畢竟再幾個月就畢業了，實在可惜。去拜託吉納斯的話，是不是能設法處理呢？

我記得也有人從魔法大學畢業之後，仍然作為魔術公會成員繼續進行研究。

「札諾巴，今後也請多多指教了。」

「彼此彼此。」

不管怎麼樣，札諾巴今後也會繼續待在我身邊。著實令人開心。

魔導鎧的研究可以繼續進行，也不需要放棄販賣人偶的計畫。

札諾巴雖然失去了居所與一些東西，但有需要的話我也可以借錢給他。雖說金錢的借貸是糾紛的源頭，但如果是札諾巴的話，我很樂意這麼做。

當我在腦內胡思亂想的時候，一下子就到家了。

纏在門柱上的魔木，綠油油的屋頂。整體散發出一種環保且樂活氛圍的我家。

一靠近門，比特便一如往常地幫我開門。

「那麼，希望茱麗沒有給師傅的家人添麻煩才好。」

「茱麗不會有問題的啦。畢竟她跟愛夏的感情也不錯……」

咻！

在踏入自家領地的瞬間，響起了劃開空氣的聲音。我立刻明白那是什麼聲音。畢竟這聲音我已聽過成千上萬次。

那是空揮的聲音。應該是諾倫回到家了吧。

咻！

哎呀，不過話說回來，諾倫也變得能夠揮出相當不錯的聲音了呢。雖說我最近沒機會幫她指導劍術，但我教她的那陣子，聲音頂多是「嗡」或是「噗嗡」那種感覺。

剛才的聲音是「咻」。那是劍有筆直揮下的聲音。就連我也不太能發出這種聲音。

這個聲音，簡直就像是艾莉絲在——

我望向聲音來源，不禁定睛凝視。

一名女子正揮著我以前做的空揮用石劍。那名女子的髮色是鮮紅色，紅到讓人覺得簡直像是用原色的油漆潑灑而成。那把重到不行的石劍，被她以單手輕盈地揮舞。

是名孕婦。

是艾莉絲。

「哎呀，魯迪烏斯。歡迎回來。你好慢喔。」

「等等等等一下！艾莉絲！妳在幹嘛！」

我慌張地衝向她。

不行啦。怎麼這樣，明明就快到預產期了。看起來揮得是很輕鬆沒錯啦，但那很重耶。要是丹田使力的話……肚子……

「嗯？」

艾莉絲的肚子是流線型。看起來很苗條。

我的小貝比呢？

「奇怪？」

摸了一下。喔喔，好厲害，六塊肌耶。而且還是內凹的。

這不是我知道的孕婦肚子。

「咦？」

怎麼回事？難不成艾莉絲強韌的六塊肌把小貝比壓縮包裝起來了嗎……我的天啊。不對，現在還不到慌張的時候。（註：出自《灌籃高手》仙道彰的台詞）

搞不好只是被擠到下面而已。

「這邊嗎？」

「你在做什麼啊！」

我往屁股用力一抓，然後就被狠狠揍了一拳。

我一屁股跌在地上抬頭一看。腳與肩膀同寬，雙臂環胸，抬高下巴的艾莉絲正俯視著我。

她保持這個姿勢這樣說道：

「生了啦！」

「生什麼？」

儘管答案只有一個，我仍然下意識地反問。

「小孩啊！」

「誰生的？」

「當然是我啊！」

艾莉絲。把小孩。生下來了。

「…………」

我跪坐在地。

「呃……那個，請問是什麼時候的事呢……」

「十天前吧！雖然折騰到很晚，但總算生下來了！」

十天前。那時我在做什麼？記得是……對，我在西隆王國。在旅社，那天，八成是和，洛琪希在……不，那不重要。總而言之，就是那個吧。

「我……沒趕上生孩子的那刻嗎……？」

「對啊，要是再早點回來的話就好了，真可惜啊！」

艾莉絲以得意表情如此說道。她的語氣就像是在表示自己一個人也沒問題。怎麼辦？我該下跪道歉嗎？雖說也不是什麼令人愧疚的事。原本也已經考慮過這樣的可能性了。

但心情上還是感到非常抱歉。

「什……什麼啦……你不開心嗎？」

正當我感到不知所措時，艾莉絲皺起了眉頭。怎麼可能不開心。

「是……是很開心沒錯，只是覺得有點複雜……」

「啊！對了，當然是男孩子喔！名字叫亞爾斯，是人族英雄的名字喔！」

可是，我應該感到開心嗎？

我搞砸了奧爾斯帝德指派的指令。札諾巴的弟弟帕庫斯死了。雖說還有一絲轉機，卻是失敗連連。在這種狀況下，突然被告知這樣的喜訊，只有我一個人感到開心好嗎？

「Master！」

當我迷惘的時候，玄關打開了。有著一頭橘髮的嬌小人影從玄關飛奔而出。

那道人影筆直地衝向站在我身後的札諾巴。

人影就這樣直衝，絆了一跤，然後變成抱著札諾巴大腿的姿勢。

「喔喔，茱麗！弟子啊，本王子回來了喔！」

札諾巴把手伸進茱麗兩側腋下，把她舉到和自己的眼睛同高的位置。茱麗儘管淚流不止，依舊緊緊握住札諾巴的衣袖。

「我……我一直在等 Master 回來！」

「唔嗯。」

令人感動的重逢。感動到甚至會讓人以為她是不是被我家人欺負。

在下一瞬間，茱麗說出了堪稱爆炸性發言的台詞。

「茱麗！一直愛慕著 Master！」

「喔喔，是這樣啊。本王子竟然沒注意到──」

「所以，所以，請不要再丟下我了！死的時候請讓我陪在您身邊！求求您……求求您！」

也可說是悲痛的吶喊。

聽過這聲吶喊後便可清楚知道。在這次事件的背後，茱麗究竟有多麼擔心札諾巴。

札諾巴的表情雖然愣了一下，但不久便露出了溫柔的微笑。

「……嗯，放心吧。今後就讓我們一直在一起吧。」

「Master 啊啊啊啊啊！」

茱麗一哭出來，札諾巴就將她的頭輕輕地靠在自己的肩頭附近。

或許是心理作用，但札諾巴看起來也很開心。

是嗎，帕庫斯確實是死了，工作也失敗了。這次輸給了人神。

不過，我們活著回來了。不管是我、札諾巴、洛琪希還有金潔，一個人也不缺。

開心吧。可以感到開心。

「艾莉絲！」

我沒有抵抗突然湧上心頭的這份感情。

我抱緊艾莉絲，親吻了她。艾莉絲雖然感到詫異，但也回應了我。她反過來抱緊我，反過來親吻我。當我撫摸她的背後與臀部之後，她便固定住我的肩膀，朝著我深情一吻。所以我順勢把手繞到前面揉搓胸部，結果被她狠狠揍了一拳，親吻地面。

「太超過了！」

「對不起！」

「哇！」

我立刻起身，以公主抱抱起艾莉絲。

不能再愣在這了。必須快點去看我的孩子。

「那，在哪，男孩子，在哪？」

「在家裡啦！」

艾莉絲出奇地沒有反抗，而是把手繞到我脖子後面，然後指著家裡。

「唔嗯……師傅！」

「怎麼了，札諾巴！」

「今天就先在此告辭！本王子擇日再來！也請代本王子向洛琪希小姐致謝！」

「喔！」

簡短對話之後，札諾巴轉過身子。他似乎不打算妨礙我們全家團聚的時光。

我也同樣朝向家裡拔腿狂奔。

穿過玄關，走進客廳。緊接著可以看到兩名女孩正坐在沙發上。

正抱著一名嬰兒。

「快看快看，諾倫姊，他笑了，他剛剛笑了！」

「愛夏、愛夏，也讓我抱抱。」

「要小心點喔，輕輕地，從脖子那邊。」

「真是的，我知道啦。畢竟我也抱過露西和菈菈啊……啊，這孩子摸了我的胸部，是肚子餓了嗎？」

「那可未必喔～畢竟是哥哥的小孩嘛～」

「小嬰兒才不會做那種事吧！」

兩名十四歲少女抱著我的小孩，聒噪地聊著天。

妹妹，將我的兒子……啊，這樣講起來感覺很猥褻。（註：日文的兒子可隱喻男性生殖器）

「……艾莉絲，我先把妳放下嘍。」

「好。」

將艾莉絲放到地上時，妹妹們也注意到我了。她們兩人抬起頭，對我綻放出笑容。

「啊，歡迎回來，哥哥。」

「歡迎回家，哥哥。」

她們在笑。兩個妹妹都露出了笑容。

看到這幕，我腦海突然浮現出帕庫斯的臉。浮現出他自嘲般的，萬念俱灰的笑容。

「我從洛琪希姊那邊聽說了，這次好像很辛苦呢。」

「諾倫姊，先別說這個，妳的手。」

「啊，對喔……來，哥哥，這是哥哥的小孩，亞爾斯喔。」

我從諾倫手中接過嬰兒。

這就是亞爾斯。頭髮是紅的，眼神與艾莉絲如出一轍。我的兒子……沒有什麼實際的感覺，是因為我沒有看到他出生的瞬間吧。不安的情緒在心裡節節攀升。

嬰兒看到我後，伸出短短的小手，在我胸口一帶撫摸。接連不斷地拍打。簡直就像是在觸摸柔軟的物體似的。不過，我的胸膛很結實。

「哇——！啊哇——！」

馬上就哭出來了。

與此同時，內心的不安感也消逝而去，取而代之的是一股安心感在心中擴散。

啊，肯定沒錯。這孩子就是我的小孩，是保羅的孫子。

「咦？亞爾斯，那是爸爸喔～不是陌生人喔～」

「哥……哥哥，你還好嗎？」

愛夏與諾倫擔心地看著我們。她們兩人剛才說著「好可愛」，抱起了我的孩子，邊笑邊抱。她們愛著這孩子，而她們兩人肯定也把我當作家人愛著我。

我想起了帕庫斯。

札諾巴雖然沒有小孩，但札諾巴的兄弟想必也有家人。哥哥的小孩、弟弟的小孩……帕庫斯把這些人全都殺了。因為他愛不了他們。不去愛他們。不被他們所愛。

……啊。

難道說，札諾巴打算與帕庫斯變成這樣的關係嗎？

「……！」

察覺到這點的瞬間，眼淚已奪眶而出。

「等等！為什麼要哭啊！」

「嗯，就是覺得很想哭。」

「真是的，真拿你沒辦法。給我吧，我來抱的話就不會哭了……」

「不要……」

我像小孩子一樣搖了搖頭，抱著小嬰兒在愛夏與諾倫之間坐下。

我和小孩兩個人就這樣哭了一段時間。

為什麼我直到最後仍然沒有認同帕庫斯呢？如果是我的話，明明就能察覺到帕庫斯的心情。像是他走上歧途的理由，或是無法愛上他人的理由，我應該有辦法理解才對。我知道帕庫斯所處的環境，會讓他覺得無論多麼努力也像個笨蛋一樣，但他在這種狀況下依舊努力登上王位，只要看到這個結果，應該也能認同他的努力才對。只要認同他的話，態度也會改變。雖然我無法立刻原諒他對莉莉雅她們的所作所為，不過，至少能設法迴避那樣的結局……

或許是因為聽到哭聲，從二樓傳來了腳步聲。

過了一陣子後，希露菲與露西，還有抱著菈菈的洛琪希都來到了客廳。

或許是剛才待在廚房那邊吧，莉莉雅與塞妮絲也出現了。

希露菲想來已經向洛琪希問過發生了什麼事吧。看到啜泣的我之後，她不發一語地撫摸了我的頭。連露西也模仿她的動作，爬到我的大腿上撫摸著我。

「受不了，魯迪烏斯真是個愛哭鬼……」

最後，艾莉絲也來摸了我的頭。大家都好溫柔。

「愛夏……諾倫……」

我邊哭邊向兩個妹妹搭話。

「我不管什麼時候，都會站在妳們這邊……要是有困擾，就不要顧慮，儘管來拜託我吧……雖然妳們或許會覺得我不可靠，但是我絕對，會盡可能地，幫上妳們的忙……」

她們兩人面面相覷。臉上的表情彷彿寫著「現在反而是在困擾你怎麼哭個不停」。

不行啊。這樣的話要是有個萬一，搞不好她們不願意仰賴我。

「嗯，知道了。」

「好，我明白了。」

不過，兩人卻點頭表示理解。太好了。我們家似乎沒問題。

「嗚。」

我邊擤著鼻子邊望向洛琪希與菈菈。

菈菈躺在她的懷中，露出一如往常的高傲表情。

確實，這次我並沒有遇上生命危險。不過，要是洛琪希不在就難說了。

無論下定多大的決心，我仍然弱小。要是沒有她陪在我的身邊，或許早已半途而廢。洛琪希果然很值得信賴。而且，促使我帶洛琪希一起去的，就是菈菈。

洛琪希與菈菈。對她們真是千言萬語也感謝不完。

「洛琪希……辛苦了。」

「魯迪才是，辛苦了。」

不管怎麼樣，結束了。這次很痛苦。懷疑不需要懷疑的狀況，消磨自己的神經。只是不斷累積壓力，到頭來的結果，也沒能讓奧爾斯帝德如意。

讓帕庫斯死了。

這一切都猶如惡夢。

但是，那些也過去了。從明天開始，想必又有其他事情在等待著我。

在面臨那些事情之前，必須先把話好好說清楚。

「大家，我接下來要說的事，請妳們好好聽著。」

那天，我把有關人神的一切，對家人全盤托出。

人神，奧爾斯帝德。他們兩人的戰鬥，以及自己至今的經歷。菈菈或許是救世主，還有自己為什麼要協助奧爾斯帝德云云，一五一十地報告這些事情的詳細內容。然後，要求她們協助我。希望她們能在緊要關頭為我，為奧爾斯帝德助一臂之力。

家人們都點頭同意。

艾莉絲、希露菲、洛琪希與莉莉雅自不用說，諾倫與愛夏雖然感到困惑，露西也搞不太懂狀況，但依然以正經表情嗯了一聲，點頭答應。

舒坦多了。

★★★

整理一下情報吧。

首先，是關於打倒人神的步驟。

要抵達人神的所在之處，需要龍族代代相傳的五樣祕寶。

古代龍族所創造出來的五樣祕寶，由五龍將所分別持有，而通往世界的大門，唯有用龍神的祕術才能開啟。

未來的我，意識到無論使出千方百計也無法得到最後一樣祕寶而陷入絕望。

至於這最後的一樣，恐怕就是拉普拉斯持有的祕寶吧。奧爾斯帝德曾說過「他是非殺不可的對象」，從這句話來思考，可以推論祕寶要以五龍將的性命交換才能取得。

狂龍王卡奧斯已死。想必是奧爾斯帝德下手的，所以他才會說已經回收。

剩下的五龍將有四個人。

「聖龍帝」席拉德。

「冥龍王」邁克斯威爾。

「甲龍王」佩爾基烏斯。

「魔龍王」拉普拉斯。

席拉德與邁克斯威爾有可能已經死了。
奧爾斯帝德不會告訴我這種事。
但是，由於這是可以視為「連自己人也殺」的行為，就認為他可能是顧慮到我，或者是為此感到愧疚吧。
畢竟我跟佩爾基烏斯之間的關係也並非不好……
總而言之，為了得到這五樣祕寶，拉普拉斯的復活是不可或缺的。
拉普拉斯總有一天會復活。誕生於世的時候會是個嬰兒。
奧爾斯帝德掌握了這件事，試圖像是扭斷孩童的手那般殺害拉普拉斯。
但是，這次卻在此失敗。拉普拉斯會在我們無法預知的地方復活，對人類挑起戰爭。
要在打贏這場戰爭的同時，殺害拉普拉斯並獲取祕寶，即使對奧爾斯帝德來說，似乎也得費一番工夫。而且甚至會對之後與人神的戰鬥產生影響。
因此，這次的輪迴失敗了。
奧爾斯帝德是這麼說的。但是，我感覺不到他有放棄的念頭。雖然有感覺到他為此失落，但是卻沒有放棄。從這個角度來看，可以認為奧爾斯帝德早已預測到這個狀況。
比方說，愛麗兒。
奧爾斯帝德曾經說過，距今一百年後，阿斯拉王國會陷入危機。若是由愛麗兒登上王位，就有辦法脫離那個危機。他說在那之後，會在阿斯拉王國誕生一名人才云云，這很有可能也是顧慮到拉普拉斯復活並發動戰爭時的因應手段。

世界最大的國家阿斯拉王國，如果能藉由此處長期抵抗拉普拉斯，削減其戰力的話，光是這樣就能減少奧爾斯帝德一定程度的損耗。

或者該說，奧爾斯帝德在感應到我的存在時，或許就已經考慮到拉普拉斯不會在事前掌握的場所誕生的可能性。畢竟我的存在很有可能已經把豎旗的關聯性給搗亂了。

而人神又為什麼要阻止這件事發生呢？儘管我浮現出這樣的疑問，卻馬上恍然大悟。

仔細想想，人神分明看不見奧爾斯帝德的存在，卻敵視著龍神。

提到長久以來揮舞著反抗人神旗幟的存在，就會想到拉普拉斯。奧爾斯帝德讓拉普拉斯復活，試圖藉此做些什麼。而他想到手的物品，想來必定對人神有害。

在奧爾斯帝德的輪迴開始後的這一百多年之間，只要人神因為某個契機而察覺到他的企圖，為了不讓他得逞自然會出手妨礙，這樣想也不難理解了。

不管怎麼樣，從現在開始，世界會邁向和奧爾斯帝德所知的歷史稍稍有些不同的道路。

照著奧爾斯帝德的指示周遊世界各地，豎旗的工作也結束了。

既然預定已經有所偏差，事到如今再這麼做也沒有意義。

拉普拉斯會復活，戰爭也會爆發。

不打倒拉普拉斯就無法觸及人神；即使打倒他，奧爾斯帝德也會損耗能量。

損耗過多能量的奧爾斯帝德無法打倒人神。

所以要採用札諾巴的提案，聚集伙伴。離開奧爾斯帝德，自由地到處行動，同時聚集伙伴增強戰力。為了不知是八十年還是一百年後的那場戰爭，組織反人神派系，聚集用來協助奧爾斯帝德打倒拉普拉斯的伙伴，或者是為聚集伙伴做好準備。

要打造奧爾斯帝德的軍隊。

恐怕在戰爭開始之前，我的壽命就會走到盡頭。我無法參加戰鬥。

但是，只要能留下伙伴、組織與遺志，奧爾斯帝德一定能夠打倒人神。

這件事，就是我今後的人生目標。

閒話「死神騎士與貪吃王子」

在王龍王國的離宮，居住著許多王族。

雖說是王族，但並非只有王龍王國的人。

附屬國的王子與公主也住在此處。

儘管表面上是以留學與養子的形式，但實際上是為了防止附屬國發動叛斷的人質。

簡而言之，就是類似江戶幕府的大名人質制度。

基本上，王子公主並沒有什麼身為人質的自覺。只要自國不發動叛亂，身分與生活都會受到保障，因此都過著悠哉的生活。

但是，也有人不選擇溫吞地過活。

就是一群研磨利牙，虎視眈眈地等待出人頭地的野心家。

而這群人的其中之一，就是帕庫斯．西隆。

他某天突然轉換了心境，開始努力學習劍術、魔術以及學問。

上午盡可能地活動身體，下午便辛勤地鑽研學問以及魔術。

儘管他下定決心要每日過著這樣的生活，但不可能突然就能每天持續。

最近的他，上午主要都把時間耗費在其他事情上。

他在上午造訪的，是與離宮有段距離的庭園。

「本王子就在這時說了，把手放開，那個奴隸就由本王子買下……這樣！」

他一邊揮舞著木劍，同時向一位少女搭話。

「接下來就是一番激烈的戰鬥！本王子把襲來的惡漢全數打敗！最後登場的是惡漢的老大！他手上拿著有本王子兩倍大的戰斧，發出就連身經百戰的勇者也會顫抖的怒吼，朝本王子逼近！本王子輕盈地閃過那個惡漢的一擊，再以擅長的風魔術直擊老大的顏面！老大一時站不穩腳步！此時本王子立即補上一劍！老大應聲倒地！」

帕庫斯運用肢體語言，揮舞木劍並使用魔術，打倒了空氣老大。

「……」

然而，這時他突然望向少女的方向。

少女以不清楚在想什麼的空洞眼神盯著帕庫斯。

然而不知為何，帕庫斯卻能從她的表情看出意思。雖然一開始不是很能理解，但最近他總算能理解少女表情的細微變化。現在的她，眼瞳比平常更加閃閃發亮，臉頰也染上了些許紅暈。因為她只是純粹在享受帕庫斯的故事。

因此，帕庫斯的額頭流下汗水。

他維持在打倒空氣老大的姿勢靜止了一陣子，不久就像是死心那般，換了個姿勢。

「……假如有這麼順利就好了，世事無法盡如人意。本王子能做的，頂多只是以風魔術支援護衛而已。」

就算聽到實話，少女的表情依舊沒有改變。

「可是，帕庫斯大人……成為了貧民街的支配者……」

「嗯。不管過程如何，打倒老大的本王子，就此成為西隆貧民街的支配者。」

「……好厲害。」

「那當然！雖說激烈戰鬥是令人有些害怕，但本王子統整了西隆地痞流氓的事實依舊不會改變。再多誇獎一些！」

「好厲害，好厲害。」

王龍王國第十八公主班妮狄克特。從她的表情幾乎感受不到情緒，聲音毫無抑揚頓挫，卻明顯感到興奮，傾聽帕庫斯說的故事。

說實話，帕庫斯的故事多少有些穿鑿附會。儘管他迫不得已說自己以風魔術支援，但現實是他連這點都辦不到。

儘管帕庫斯多少有些良心不安，但在王龍王國的王城之中，沒有人願意如此真誠地聽帕庫斯說話。所以心理上自然會講得較為浮誇。

「再繼續，多講一些……」

不過，真假對班妮狄克特來說其實無關緊要。

幾乎被放棄教育的她既不識字，也沒人會向她說話。她被關在狹窄的離宮，無論去哪都會被視為麻煩。只是過著早上起床、吃飯，在沒有人的地方靜靜待著，吃飯、睡覺的生活。

在這樣的生活當中，時常會為自己帶來有趣話題的帕庫斯讓她感到非常新鮮且開心。

「再繼續，多講一些……」

「好吧。那麼再來就講本王子去妖精之泉那時的故事……雖然想繼續說下去，但就留到明天吧。本王子下午要去鑽研學問，學習魔術。」

「……好。」

「嗚哈哈哈哈，這個惹人憐愛的傢伙。別露出那麼難過的表情！明天什麼的，只要等待就會擅自出現！」

在任何人眼裡看來，這陣子的帕庫斯都很勤勉。

上午鍛鍊身體，下午鑽研學問並訓練魔術。雖說上午經常偷懶……不過，由於他會一邊與班妮狄克特聊天，同時不停地揮劍，也慢慢地鍛鍊出體魄。

至於勤奮學習，遭到西隆王國棄而不顧的他當然不會有家庭教師指導。然而，他一邊回想過去在西隆王宮學到的知識，同時獨力繼續學習。

因此在離宮的帕庫斯，評價開始一點一點地上升。

「但是，在那之前要先吃飯！本王子要回離宮了！」

「……我送你。」

「嗚啊哈哈，勞煩妳了。」

帕庫斯拉著班妮狄克特，朝回自己房間的路上走去。

庭園位於離宮一隅。雖然離班妮狄克特的房間很近，但離帕庫斯的房間很遠。

由於班妮狄克特不想和帕庫斯分開，因此總是會送他到途中。

雖說幾乎不被視為公主看待，但大國的公主捨不得與自己分開特地來送行。

對於帕庫斯而言，是感到相當得意的一段時間。

因此說起話來也特別溜。

「昨天本王子在學習魔術時，注意到了某件事。想說搞不好會是那樣去調查了一下，結果被本王子猜對了。所以說，魔術這種東西自古以來——」

從旁人的眼中看來，班妮狄克特就像是沒有興趣般地愣在一旁，但她其實是以自己的方式露出了充滿興趣與好奇心的眼神，聆聽帕庫斯說話。

而這樣的他們，卻被在離宮服侍的侍女以及湊巧以賓客身分前來的貴族們冷眼看待。

「哼，西隆的廢物又在接近廢物公主了啊……」

擦身而過的貴族忍不住這樣嘀咕。

帕庫斯在一瞬間停下腳步，差點就轉頭望去……但他努力忍住了。

每次被人說這種閒話，他心中就會湧起滿腔怒火。想要現在立刻回頭，將口吐惡言的貴族脖子給扭斷。但是，他並沒有付諸行動。因為他很清楚，現在的自己沒有那樣的實力。

「可惡，給本王子記著……」

帕庫斯脫口而出低喃一句，讓班妮狄克特露出有點傷腦筋的神情。

班妮狄克特雖然幾乎沒受過教育，但不代表她不會思考。她充分地理解自己的立場，認為帕庫斯之所以會遭到他人貶低，是因為和自己在一起的緣故。

「殿下……我……」

「住口。別說出來煩死了！」

相較之下，帕庫斯本人卻完全不這麼認為。

沒錯，遭到他人貶低，對他而言已經是家常便飯……因為在西隆王國時也是如此。

「看吧。這個身體，這雙手腳。本王子天生就長這副德性。這樣的本王子不管打算做什麼，總是會遭人惡意辱罵。所以，這怎麼可能是妳的問題。」

不知道已經重複過多少次這樣的問答。

但是，班妮狄克特被帕庫斯這樣說後，總是會不知道該怎麼回話。

對於從未踏出王宮的她來說，並不是很清楚帕庫斯這番話的含意。不知道他嬌小的身體，短小的手腳其實很與眾不同。不知道他是因此受到侮辱，不知道他對這一切已習以為常。

其實說穿了，他們兩人的境遇相當酷似。

正因為如此，班妮狄克特才會受到帕庫斯吸引。他明明和自己一樣，但不管再怎麼抱怨，他依舊會付諸行動。

「嗯？」

來到離宮與王宮的交界處一帶時，帕庫斯突然停下腳步。

「這是什麼味道？」

從某處飄來了刺鼻的臭味。

就像是在焚燒屍體那般，一種難以言喻的不快味道，但與此同時，也聞得到些許香噴噴的味道。簡直就像是某人正在某處製作料理，一旦繼續聞下去，就會稍稍勾起食慾的香味。

但是，能夠下嚥的食物會發出如此刺鼻的味道嗎？

這種不協調的味道，讓帕庫斯忍不住感到好奇。

「是練兵場那邊啊。令人在意。我們去看看吧。」

「……可是……」

「哼，只不過稍微離開離宮一點而已，沒有人會因此而苛責妳。要是想藉此苛責，好歹也該派個人監視妳。我們走！」

「……是。」

班妮狄克特有點開心地如此回應。

★★★

地獄的晚宴。

那是位於西隆王國的一室，一幅畫的標題。

那幅畫上，有五名腦滿腸肥的貴族正在舉辦晚宴。

僅僅如此的話並沒有不可思議之處，然而仔細一看，侍者全都是骷髏兵。

其中三名或許沒發現是由骷髏兵擔任侍者，看起來相談甚歡。

其中一名貴族注意到了，以又驚又慌的表情看著隔壁貴族。

最後一名貴族則是趴在桌上。不清楚他究竟是睡著了還是死了。

帕庫斯對那幅畫並不太了解，但他記得自己的哥哥札諾巴・西隆曾經在那幅畫前唸唸有詞地進行考察。

他們是希望享用料理而在用餐嗎？如果沒有那個打算，為什麼非得坐在餐桌前不可？說起來，被端過來的料理又是出自何人之手？札諾巴滔滔不絕地高談闊論。

或許是因為這樣，帕庫斯對那幅地獄晚宴的畫記憶猶新。

所以他才會湧起這樣的想法。

（如果那幅畫有著過去的場景……或許就是這種畫面吧。）

呈現在眼前的，就是會讓他如此認為的光景。

在訓練場的一角，有著教導訓練兵煮飯的簡易廚房。

在那個廚房所備妥的餐桌旁，有五名候補騎士。

那五個人臉色都是一片鐵青，頻頻在意廚房的方向。

位於附近的廚房，飄出了難以言喻的刺鼻臭味。是在離宮聞到的那股味道。帕庫斯試著靠近之後，才了解那是一股想要摀住鼻子的強烈味道。

然後，在廚房動作的是一具骸骨……正確來說，是與骸骨很相像的男人。

他一邊露出會讓背脊凍僵的笑容，同時不斷地攪拌著巨大鍋子的內容物。

「嗚呼呼呼……就～快要煮好了喔。」

聽到駭骨那句話的候補騎士們，臉上浮現出絕望的神情。

自己不會得救。卻也不能逃走。就是那樣的表情。

或者該說，被描繪在那幅畫上的人們，或許也與他們的境遇類似。

沒錯。他們逃不了。以駭人長相製作料理的那名男子，帕庫斯也很熟悉。

「死神藍道夫……」

藍道夫・馬利安。

他是七大列強第五位「死神」，也是大將軍夏加爾直屬騎士團「黑龍騎士團」的一員。

沒有自己的部下，經常是單獨行動，但是身為騎士的地位接近最高層級。

是王龍王國最強的騎士。

這樣的他聚集了候補騎士打算款待他們用餐。候補騎士們自然無法逃跑。在立場上是如此，能力上也是……

但與此同時，帕庫斯也在意起這麼做的理由。

「……你們幾個，這是怎麼一回事？」

「你是……？」

「本王子是西隆王國第七王子帕庫斯。」

雖說是附屬國但也是王族，是比候補騎士們遠遠高高在上的偉大存在。

他們立刻從椅子上離開，試圖單膝跪地。

「不用，毋須端正姿勢。本王子允許你們直接說話。」

五個人面面相覷，重新在椅子上坐好，將事情經過娓娓道來。

「那個……因為我們在之前的演習發生了致命性的失誤……」

三天前，王龍王國騎士團似乎舉辦了大規模的演習。

他們也作為大將軍夏加爾．加爾岡帝斯底下的候補騎士參加。

演習本身雖然順利進行，但據說他們在途中犯下了嚴重的失誤。

所謂的失誤，便是沒有好好固定夏加爾的馬鞍，導致夏加爾在下達突擊的號令之前丟臉地墜馬。

由於治癒魔術師就在附近，並沒有引發嚴重後果，演習也順利地進行了。

因此他們沒有受到嚴懲，只是受到一番斥責，但是大將軍夏加爾墜馬一事，卻深深地烙印在前來觀看演習的王侯貴族眼裡。

換句話說，他們讓夏加爾顏面掃地。

候補騎士們理所當然地為此感到沮喪。

畢竟他們因為自己的失誤，導致尊敬的大將軍蒙羞。

視情況而言，就算當場斬首示眾也不足為奇。

明明如此，卻沒有受到嚴重處罰。就算他們直接向夏加爾提出希望受到一定的懲處，他卻只是落落大方地笑著，不肯理會他們。

候補騎士們對這件事感到毛骨悚然，直到今天總算明白了理由。

「今天，藍道夫大人來找我們，他說……要招待我們料理。」

「那有什麼問題嗎？」

「您不曉得嗎？」

候補騎士之中似乎流傳著這樣的風聲。

藍道夫．馬利安。

身為七大列強，又是王龍王國最強騎士的他，為什麼會是大將軍夏加爾的直屬部下？

原本以他的立場而言，即使是給予他數百名士兵以及領地也是理所當然，為什麼他總是單獨行動？

因為這樣的他，是大將軍夏加爾從小栽培的暗殺者。

大將軍夏加爾是人族與長耳族的混血，由於十分長壽，長年以來君臨著王龍王國軍事部門的領導者寶座。儘管有略為粗野的一面，但是眾人肯定他是名有著高度忠誠心，清正廉潔的人物。當然，幾乎未曾聽說不好的傳聞。

不過，會存在著那樣的人嗎？在王龍王國如此巨大的組織之中，清正廉潔的人有辦法始終站在頂點嗎？

當然不可能。

其實他會在私底下殺害看不順眼的對象。

沒錯，就是使喚從小栽培的暗殺者——藍道夫。

證據就是，藍道夫出現在王龍王國的公開場合之後的這幾年，夏加爾的政敵便一個接一個消失了。其中也有人是遭到原因不明的病死或是意外身亡。

「我們……要被殺了，因為我們害閣下出了洋相！」

負責說明的候補騎士臉色蒼白地這樣說道。

聽到這句話，其他四人也開始不斷顫抖。

「不要……不要啊……我不想死……」

「王子殿下……請救救我，我在故鄉有喜歡的對象……我甚至還沒告訴她我喜歡她……怎麼可以就這樣……」

「至少讓我死在戰場……竟然因為演習的小失誤就要被殺……太殘忍了……」

「母親對我當上候補騎士是那麼地開心……」

他們唉聲嘆氣之後，從帕庫斯的身後傳來了低沉的嗓音。

「各位可真是失禮呢，我只是……想要招待遭到斥責而消沉的你們，品嚐美味的料理而已啊。」

帕庫斯倉皇地轉過身子，活像骸骨的騎士掛上了會讓人凍徹心扉的笑容，手拿大鍋站在那裡。而從大鍋飄出來的，是讓人覺得根本不該存在世上的刺鼻臭味。

「來，各位請用吧，在自棄頹喪時，最好的解法就是品嚐美味的食物喔。」

死神藍道夫露出笑容。

從中可以感覺到一股絕對要殺了你們的強烈意志。

「嗚……」

帕庫斯被這股氣勢震懾，倒吸一口氣並往後退了一步。

這時，帕庫斯的腳後跟撞到了東西。與此同時，衣襬也被拉了一下。

帕庫斯轉頭一看，發現班妮狄克特正面無表情地抓著自己的衣襬。

從那個表情，帕庫斯看出她在表達「求求你幫幫他們」。

（為什麼本王子非得救這群傢伙不可！）

如果是平常的帕庫斯應該會這麼說吧。

但凝視著他的，是平日就聽著自己闡述武勇經歷的女孩。

是想在她面前表現的對象。

「藍道夫啊。」

「呃，怎麼了？……那個，請問您是哪位？」

「本王子是帕庫斯．西隆。西隆王國的第七王子。難得經過這裡，就讓本王子也嚐嚐你的料理吧。」

「……哦。」

帕庫斯當然也不是真心想吃才說出這種話。

帕庫斯好歹也是王子。因此他的計畫是，假如這道料理真的有毒，藍道夫應該也會把話收回去。

「……好的，好的！當然沒問題，王子殿下。」

但是，藍道夫反而很開心地咧嘴一笑。

「如……如你所見，本王子是講究的饕客。可不允許膚淺的料理喔。」
「嗚呼呼呼，我雖然看起來這樣，但以前也曾經營過餐廳……對味道可是有信心的。」
「你真的明白嗎？」
「當然，我非常明白。」
帕庫斯心想。
真是個瘋狂的男人。
要是毒殺帕庫斯，便不再是王龍王國與西隆王國之間的問題。
王龍王國有著許多國家的王族。要是其中的一人因為不起眼的理由就遭一介騎士殺害，其他國家也不會默不吭聲。一旦王龍王國沒有特別理由，以一己之私殺害人質的話，人質本身便會失去意義。附屬國很有可能揭起反抗旗幟。
明明後果如此嚴重，他卻是毫不在意。
反而像是在說你有本事吃就吃吃看吧。
就像是在表示帕庫斯只是空口說白話，根本不可能吃下去。
（或者，他聽到是西隆的王子後，看到本王子的體型，認為是死了也無足輕重的對象……可惡！雖然不知道這傢伙是七大列強還是什麼，竟敢看不起本王子！）
以帕庫斯的立場來看，他當然不希望自己死在這種地方。
但是更重要的是，他無法忍耐自己被人看扁。

因為是在班妮狄克特面前。明明如此，卻被認為你死了也無所謂，遭到輕蔑，所以帕庫斯當然不能落魄地低頭離開。

「夠了，讓開！」

帕庫斯擠開一名候補騎士，在位子上坐下。

「好來吧，能夠享受到那位遐邇聞名的死神親手做的料理，這種機會可是十分難得！從剛才就飄過來的香味，早已令本王子的肚子咕嚕咕嚕叫了！」

帕庫斯豁出去了。

既然死神認為他沒那個膽吃，不如就逆其道而行。吃下去，讓這傢伙毒殺自己，令王龍王國陷入一片混亂。儘管帕庫斯是在鬧脾氣，卻是心意已堅。

「哦～願意這麼說的人，您還是第一個呢。」

藍道夫擺出了非常毛骨悚然的笑容，開始準備餐點。

過了不久，帕庫斯的眼前便端上了一盤料理。

是一盤放滿大量配料的燉菜。

顏色是紫色。令人不安地覺得到底是放了什麼才會變成這種顏色。

外觀看起來很糟，聞起來也很噁心。實在無法想像這是食物。一陣刺鼻的強烈臭味撲鼻而來。在帕庫斯的知識當中，並沒有這種味道的食材。

大腦以全力傳遞著「這不是食物」的訊息。

「唔……」

儘管試著拿起湯匙，手卻沒有動作。

候補騎士們也以蒼白臉色看著帕庫斯。

不知道是不是錯覺，連班妮狄克特也是一臉擔心。

（算了，不管了！）

心意已決的帕庫斯拿起湯匙放進燉菜，舀了一塊來歷不明的肉塊並放進嘴裡。

「唔！」

在口中反覆咀嚼之後，再一口氣吞下去。

候補騎士們以驚愕的表情凝視著眼前此景。

沒想到他真的吃下去了，每個人都這樣心想。因為無論是誰看到都會認為眼前這盤有毒。

「……」

帕庫斯維持著吞下去的姿勢暫時停滯了一段時間，不久後總算低喃一句。

「……意外地好吃。」

「咦！」

「調味是魔大陸風格，想必不適合這一帶的胃口，但本王子可以接受。」

外觀以及氣味都不佳。

但不可思議的是，一放進嘴裡便有股香醇的味道刺激鼻腔，一股講究的蔬菜口感殘留在舌尖。

肉質也很軟嫩，一放入嘴裡就會輕柔地融化，讓肉的鮮味在口中擴散開來。是一道不可思議的料理。

至少，帕庫斯在西隆王國從未品嚐過。

吃著吃著，舌頭開始感到一陣麻痺。恐怕是毒吧。

話雖如此，當帕庫斯說出好吃的食物，藍道夫的表情倒是值得一看。

那張表情就像是在說，沒想到他吃下去了，而且還說很好吃。

（哼，就算待會兒會痛苦而死，本王子也成功地將了七大列強一軍。就好好在地獄炫耀一番吧）

帕庫斯一邊感覺舌頭麻痺，一邊迫不得已地這樣想著。

儘管還有許多事情想做……算了，在沒有任何事情能自豪的人生當中，最後成功多了一項引以為傲的紀錄，稍微滿足了。

如果不這樣想，感覺現在就會立刻扔掉盤子，嚎啕痛哭。

「再來一盤。」

帕庫斯把盤子遞到藍道夫眼前。

「那個，殿下。這些料理是為了招待候補騎士們——」

「這種人怎麼會明白這道燉菜的美味！本王子要一個人獨占！」

「殿下……」

候補騎士們聽到這句話，感動得把拳頭緊靠在胸膛。

「夠了，你們幾個，是在看什麼！難道王龍王國的候補騎士，興趣是盯著王族用餐嗎！難不成是想抱怨？本王子可不聽啊！想抱怨的話，就去向你們的主人夏加爾說吧！說西隆的王子搶走了藍道夫的料理！」

「是！我們告辭了！」

候補騎士們行了一禮之後，立刻離開了現場。

但是，他們臉上的表情充滿了對陌生王子的感謝之念。

「哼……」

當然，帕庫斯並不知道他們感謝著自己。

反正頂多是以為有個貪吃王子心血來潮地出現在眼前，代替自己吃下了毒料理，帕庫斯是這樣認為的。

「……」

帕庫斯突然轉頭一看，班妮狄克特就坐在自己旁邊。

然後，她以一如往常的冷淡表情，來回看著眼前的盤子與帕庫斯。

「班妮狄克特，妳也想吃嗎？」

「……」

班妮狄克特輕輕點頭。

「這道料理究竟是什麼，妳明白嗎？」

班妮狄克特再次輕輕點頭。

帕庫斯稍微猶豫了一下，但馬上就想起了班妮狄克特的境遇。

她除了自己以外沒有朋友。總是一個人寂寞地在庭園看花。沒有任何人願意理會她，是名孤獨的公主。想來每一天都很難受吧。如果是帕庫斯的話肯定無法忍受。

那麼，帕庫斯也沒有理由阻止她。

不如說，既然最初也是最後的朋友要死的話，自己也……帕庫斯想到她有可能理出這個結論，便點頭同意。

「好，藍道夫啊，也給她品嚐你的料理。」

「好的，好的，當然沒問題。今天真是令人開心啊……」

藍道夫露出毛骨悚然的微笑，同時將燉菜盛到班妮狄克特的盤子。

班妮狄克特以端莊舉止拿起湯匙，然後小口小口地開始吃了起來。

雖說她甚至沒學過禮儀規矩，但拿湯匙的方式依舊很優雅。想必是有樣學樣吧。

「……好好吃。」

班妮狄克特這樣說完，繼續默默地吃著。

「嗯，很好吃。」

帕庫斯也繼續吃著燉菜。食量大的他不斷要求再添一碗，不久後鍋子已是空無一物。

「哼，如何啊，死神藍道夫？本王子吃完了。很美味喔。」

「想不到您竟然能全部吃完，實在是莫大的榮幸。感謝。」

「……那麼，效果什麼時候才會出現？」

「效果……是指？」

「你以為本王子沒有注意到嗎？舌頭有麻痺的感覺。」

「啊啊……！是指那個的話，立刻就會出現了。」

藍道夫這樣說完，嘻嘻地笑了。

（立刻出現，是嗎……）

帕庫斯一邊這樣思考，一邊仰望天空。

有多久沒有在外面用餐了呢？班妮狄克特或許是第一次這麼做。王族就算遭到多麼冷淡的對待，依舊會受到拘束。不，正因為遭到冷淡對待，所以才不想放她出去外面，試圖將她關起來。

能在這樣的晴空底下，享受美味的料理後迎來人生的最後一刻，實在痛快。

這種感覺簡直就像是心靈被洗滌了一樣。

「您感覺心情穩定下來了吧？因為桑蜀果實有著強烈的鎮定作用。」

「……桑蜀果實？」

「是的。當感到消沉或是焦躁時，最適合用來鎮靜心情的香料。其實我原本是希望能讓那群候補騎士享用的……」

「不是毒嗎？」

「毒？噢……桑蜀果實的色調看起來確實很像有毒，也有人認為是毒而不敢吃下。不過請您放心。沒有人因為吃了桑蜀果實而死……哎呀？您不是知道舌頭會麻痺，是因為料理中加了桑蜀果實嗎？」

「不……不是，本王子確實有頭緒，但以為是其他食材！」

看到眼前的藍道夫歪了歪頭，帕庫斯總算會意過來。

看樣子這個男人……真的只是想讓候補騎士們飽餐一頓。

「是嗎，桑蜀啊！我還以為你是削了奇邦的皮放進去了呢！」

「喔喔，確實，奇邦的皮會讓舌頭產生一陣麻痺……不過，奇邦的皮應該沒辦法呈現出如此美味的紫色吧？」

「說得對！嗯，這番工夫別出心裁，辛苦了！」

「呵呵，多謝您的誇獎，也不枉我大老遠從魔大陸訂貨。」

藍道夫的笑容，彷彿看穿帕庫斯只是在打腫臉充胖子。

「夠了！班妮狄克特，我們回去！」

帕庫斯無法忍受他的視線，氣勢洶洶地挺起身子。

「本王子下午還得鑽研學問、訓練魔術！沒有閒工夫在這種地方混水摸魚！」

「……是。」

挺起身子，聳著肩膀向前邁出步伐的帕庫斯。以及踩著小碎步跟上去的班妮狄克特。

藍道夫從背後向這樣的兩人搭話。

「那個，帕庫斯殿下。」

「怎麼？」

帕庫斯轉頭望去。

藍道夫一如往常，擺出了毛骨悚然的笑容。

然而，卻像是感到不安似的，他兩手交握並這樣詢問：

「請問，是否還能再招待您享用我做的料理呢？」

「無妨。因為你的料理很美味。」

帕庫斯只是丟下這句，便轉身離去。

以為是毒而無謂地緊張了一下，但料理本身很美味。儘管風格強烈，應該有很多人無法接受，卻是在此處無法品嚐的料理。既然有人願意招待，自然沒有拒絕的理由。

如同自己說過的，帕庫斯對食物很挑剔。

「謝謝您。」

藍道夫這樣說完，然後深深地低頭鞠躬。

從此之後，帕庫斯他們會定期享用藍道夫的料理。

★ ★ ★

「仔細想想，當時本王是真心做好一死的覺悟了啊……」

帕庫斯一邊回首遙遠的過去，同時喃喃說了一句。

他站在樓梯的平台。

從該處的窗戶，可以清楚看見城外的狀況。

從這看得到各處都焚燒著篝火，升起了幾道狼煙。雖然不至於聽到人群的聲音，但依舊能感覺到許多人的氣息。

這裡是西隆王城。是帕庫斯奮不顧身地往前邁進之後，所抵達的場所。

「對我而言，卻是臨死前也不想聽到的話呢。」

藍道夫也同樣站在帕庫斯身旁，俯視著眼前的景色。

他摘下平時總是佩戴在臉上的眼罩，一隻眼睛發出燦爛的光芒。

「我真的很開心喔，當您說看起來很好吃的那時。」

「別這麼說。雖然看起來不是很美味，但好吃這件事沒有騙你。」

「呵呵，如果連那是謊言，我就不知道該相信什麼了呢。」

兩個人俯視著眼前的景色，感慨萬千地如此低喃。

最初的契機是微不足道的小事，後來也沒有發生過重大的事件。

帕庫斯與班妮狄克特一有時間就會品嚐藍道夫的料理，稱讚他做得很好吃。

他們會一邊用餐一邊進行短暫交談，然後道別。

僅是如此。他們只是反覆進行著這樣的交流。

但回過神來，藍道夫便經常和帕庫斯處在一起。儘管並非收他為弟子，但也曾經針對劍術與魔術提出建議。

「結果，站在本王身邊的，只有你和班妮狄克特啊。」

帕庫斯看著聚集在城外的人潮，這樣說道。

在眼前的人群並非全是敵人，這點他已從捨命出城進行偵查的騎士的報告得知。

並不是敵人。

但是，帕庫斯心知肚明。

也並不是自己人。

他們絕大多數，都不樂見帕庫斯成為國王。就算不會成為敵人，也不會成為自己人。

「為什麼人們總是會討厭本王呢……」

一直以來總是如此。

人們絕對不會站在帕庫斯這邊。

或許是因為外表不上相，也有可能是帕庫斯沒有招攬同伴的才能。

但他完全不清楚理由。

儘管他嘗試了各式各樣的努力，到頭來站在自己這邊的，也只有兩個人。

要是更加善待札諾巴以及魯迪烏斯，還有那群死去的騎士們，說不定他們就有可能願意站在自己這邊……不管怎怎麼樣，時間到了。

「這個嘛，我也經常受人畏懼，但實在不太清楚理由呢。」

藍道夫以這種說法安慰他，但以他為基準的話，想必外表才是問題。要是能設法改善那活像骸骨的外表，以及毛骨悚然的笑法，應該能稍微改變才是。

不過，他就算這樣，也仍然受到王龍王國的大將軍以及無數劍士認可，還算好了。

然而，帕庫斯卻不行。

他當上國王，獲得了心愛的妻子以及部下。但是卻無法掌握國家。無法受到大眾認同。

或許是因為做法不對，但再怎麼說，願意站在自己這邊的人實在太少。而且，他始終也不知道增加伙伴的方法。明明需要伙伴，卻不懂得如何增加伙伴。

如今，帕庫斯已不知道該如何是好。

「……藍道夫啊。」

「是。」

「本王一死，你就帶著班妮狄克特逃出這裡。」

藍道夫倒吸一口氣。這十幾年來，生存在戰鬥之中，幾乎沒讓他人察覺到自己呼吸的他，卻明顯地吸了一口氣。

「回到王龍王國，等小孩出生之後，再麻煩你把擅長的劍術與料理傳授給他。」

「……」

「還有學問也是。畢竟是本王與班妮狄克特的孩子，肯定不會專程請家庭教師教導。拜託了。」

「……」

「還有，麻煩你盡可能讓他在受到誇獎的環境中成長。畢竟班妮狄克特沒辦法誇獎別人。就連本王也鮮少受到她的稱讚。」

「那個，陛下……」

這時，藍道夫露出了鮮少讓人看過的表情。

不管是在被稱為死神之前還是之後，他都不常露出這樣的表情。

當上了七大列強，不把人命當一回事，手下亡魂數以萬計的他，在漫長的人生當中唯有幾次會露出這樣的表情。

是不希望對方死去時會擺出的表情。

「怎麼了？」

「我很喜歡您。」

請您不要死。這句話卻沒能說出口。

藍道夫是死神。七大列強第五位的強者，至今已經見證了數以萬計的死亡。

與其無價值活著，不如選擇驕傲死去，這種人他已經目睹過無數次。

他對這一切都表示敬重。

現在在眼前的這個男人是國王。既矮小，又不受到人民愛戴，即位之後立刻有人發動叛亂。

他說不定甚至無法在歷史留名，但仍然是個國王。

那麼，想必他最後也想以國王的身分死去吧。

所謂的驕傲，就是如此。

「因此，您的命令我會如實執行。就算以性命交換也在所不惜。」

「拜託了。」

藍道夫．馬利安雖然被稱為死神，卻並非「死神」。

但是，他知道之前被稱為「死神」的那個人是名什麼樣的人物。

那位「死神」一定會應允臨死之人的請託。尊重藍道夫不認識的某人所抱持的驕傲，直到死前都守護著那份驕傲。

所以他才會被稱為「死神」。因此，藍道夫也如此效法。

因為藍道夫是比任何人都尊敬著「死神」的男人。

因為他是繼承這個名號的男人。

「好啦，太陽也差不多要下山了……」

聽到藍道夫令人滿意的答覆，帕庫斯把視線從窗外的景色別開，轉向寢室。

「本王去向班妮狄克特道別。這是最後的幽會，結束前可別讓任何人進房間啊。」

「謹遵吩咐。」

帕庫斯消失在寢室之中，藍道夫則站在房間前面。

「……」

過了一會兒，或許是因為站累了，藍道夫走下樓梯，從附近的房間搬了張椅子坐下。

他把手肘撐在膝蓋上，十指交握，抵著下巴，目不轉睛地盯著樓梯，以及樓梯前方的窗戶。

就像是在把和帕庫斯最後一起注視的光景，深深地烙印在眼裡。

「其實，我真的很不希望您死啊……」

最後脫口而出如此低喃，藍道夫緩緩地閉上眼睛。

無職轉生

到了異世界就拿出真本事

【參考文獻】

《新訂　孫子》　（金谷 志　譯註・岩波書店）

國家圖書館出版品預行編目資料

無職轉生：到了異世界就拿出真本事 / 理不尽な孫の手作；陳柏伸譯. -- 初版. -- 臺北市：臺灣角川, 2020.10-

冊；　公分. -- (Kadokawa fantastic novels)

譯自：無職転生：異世界行ったら本気だす. 19

ISBN 978-986-524-030-1(第19冊：平裝)

861.57　　　　109012104

Kadokawa
Fantastic
Novels

無職轉生～到了異世界就拿出真本事～ 19

（原著名：無職転生～異世界行ったら本気だす～ 19）

2020年10月7日 初版第1刷發行
2023年10月2日 初版第7刷發行

作者：理不尽な孫の手
插畫：シロタカ
譯者：陳柏伸
發行人：岩崎剛人
總編輯：蔡佩芬
副總編輯：朱哲成
設計指導：陳晞叡
印務：李明修（主任）、張加恩（主任）、張凱棋
發行所：台灣角川股份有限公司
地址：104台北市中山區松江路223號3樓
電話：（02）2515-3000
傳真：（02）2515-0033
網址：www.kadokawa.com.tw
劃撥帳戶：台灣角川股份有限公司
劃撥帳號：19487412
法律顧問：有澤法律事務所
製版：巨茂科技印刷有限公司
ISBN：978-986-524-030-1

MUSHOKU TENSEI ～ISEKAI ITTARA HONKI DASU～ Vol.19

First published in Japan in 2018 by KADOKAWA CORPORATION, Tokyo.
Complex Chinese translation rights arranged with KADOKAWA CORPORATION, Tokyo.